万葉集に隠された古代史の真実

関 裕二

PHP文庫

○本表紙図柄＝ロゼッタ・ストーン（大英博物館蔵）
○本表紙デザイン＋紋章＝上田晃郷

はじめに

元号「令和《れいわ》」の二文字が、漢籍ではなく、はじめて日本の古典から引用された。しかも、出典が『万葉集《まんようしゅう》』だったことは、じつに喜ばしい。

『万葉集』は平安時代にいくつも作られた「貴族が知識をひけらかすための歌集」とは、根本的に異なる。天皇や貴族（豪族）、役人のみならず、貴賤《きせん》を問わず、庶民に至るまで、多くの人々の生の声を集めた画期的な歌集だった。みな心持ちが素直でのびやかだった時代の、古き良き日本の原点が、ここにある。

ただし、矛盾《むじゅん》するようだが、『万葉集』は一般に信じられているような牧歌的な歌集ではない。集められた歌のひとつひとつは「ほがらか」だが、編者は多くの歌を「有機的に配列」したり、題詞（歌の詠《よ》まれた事情を説明する言葉）に「裏事情」を示し、歴史解明のヒントを散りばめている。正史『日本書紀《にほんしょき》』によって隠匿《いんとく》されてしまった真実の歴史を暴露しようという試みなのだ。

「どのように？」

その手口は、ひとつやふたつではない。権力者に露顕《ろけん》しないように、巧妙にカラクリは用意されている。だからこそ、『万葉集』編者の意図は、なかなか理解されずにきたのである。

試されているのは、われわれの発想力だ。『万葉集』編者が「伝えたかった真相」を、行間から読み解く必要がある。要は、「史料や考古学の情報」をかき集め、「言いたかったこと」「言えなかったこと」を見極める作業が求められるのだ。『万葉集』が残した「情報」を、ただの文学とみなしていては、もったいない。問題は、その「情報」を、いかに読み解くかにかかっている。

情報が大切なことは、今も昔も変わりがない。

『万葉集』の時代、天皇の命令や重要な情報は、各地の役所を結ぶ駅馬《えきば》によって、バトンタッチされ、迅速《じんそく》に伝達されていった。これを「駅伝」という。「箱根駅伝」の「駅伝」とは、この駅馬がルーツである。

ただし、情報は必ず伝わるとは限らない。時に、重要であるからこそ秘匿《ひとく》される場合がある。

　また、世間に知れ渡っていない情報を、わざと漏《も》らすこともあり得る。新聞社が競って探り当てる、いわゆる政界のスクープの多くは、官僚らのリークであることが少なくない。官僚に踊らされているのは、新聞社だけではなく、国民も同じだ。官僚は、巧みな情報操作によって、世論作りに励んでいるのである。

　また、政治家の堕落《だらく》、官僚の独走を許してきたのは、情報をリークに頼ってきた新聞社の怠惰《たいだ》にも原因がある。すべては馴《な》れ合いの世界であり、新聞に官僚や政治家を批判する資格はない。

　このように、情報は大切であるからこそ、迅速に伝わり、また一方で隠され、さらに漏洩《ろうえい》する。この繰り返しが歴史なのである。

　問題は、「本当の情報」「事の真相」は、同時代人にはなかなか掌握《しょうあく》しにくいことだ。のちの時代になってようやく「本当のこと」が分かるのである。

　そして、政争に打ち勝った者たちは、みずからの正当性を主張するために歴史を編み、これが正史となる。これが、『日本書紀』や『続日本紀《しょくにほんぎ》』である。

　かたや政争に敗れていった者たちは、正史によって貶《おとし》められたことに対し、「弁明」をしようと、稗史《はいし》を編む。

あとから歴史を調べる者たちは、この「正史」と「稗史」の矛盾点を検証し、何が真相だったのか、読み解く努力を惜しんではなるまい。正史だから正しい、稗史だからあてにならないという決めつけは、真実を見誤らせる。

今回お話しする『万葉集』も、「歌を利用した稗史」なのではないかと思えてならない。正史によって切り捨てられた本当の歴史を、多くの歌を羅列することによって、後世に伝えようとしたようなのだ。

『万葉集』は、『日本書紀』によって抹殺された「本当の歴史」を、暗号めかしくリークしていた疑いが強い。

『万葉集』の中に、古代史を解き明かす貴重な情報が隠されている……。万葉歌の裏側を、覗《のぞ》いてみたい。

万葉集に隠された古代史の真実

目次

第二章　『万葉集』に綴じられた古代の肉声

第三章 石川女郎と大津皇子の謎

第四章 持統天皇が隠した古代史の真実

終章　敗れ去った者たちへの鎮魂歌

第一章　「令和」に蘇る〝奪われた者〟たちの影

通説では説明しきれない「万葉の時代」の実像

『万葉集《まんようしゅう》』は、単純な「文学作品」ではない。七世紀から八世紀にかけて繰り広げられた壮絶な政争の中で、人々がどのように生き抜いていたのか、それを知るための格好の史料なのである。

そこには、「生の声」がある。政敵に滅ぼされていった人々の断末魔の叫びがある。愛する者を政争によって奪われた者の恨みの言葉に満ちているのである。けれども、素直に歌の文言を追ってみただけでは、真実の声を聞き逃すことになる。まず、歴史の流れを知っておかなければならない。

そこで冒頭に、「万葉の時代」のおおまかな歴史と、私なりの解釈を披瀝《ひれき》しておこう。

「万葉の時代」を一言で表現するならば、「親蘇我《そが》派と反蘇我派の対立の歴史」と言い表すことが可能だ。ただし、この状況を理解するためには、まず通説の描く歴史を概観し、私見を改めて述べる必要がある。

七世紀の混乱は、まず乙巳《いっし》の変《へん》（六四五年）に始まる。王家を蔑《ないがし》ろにし既得権益を振りかざし、改革事業の邪魔立てをしていた蘇我入鹿《そがのいるか》ら蘇我本宗家が滅ぼされた事件だ。邪魔者を消し去った中大兄皇子《なかのおおえのみこ》（後の天智《てんち》天皇）と中臣鎌足《なかとみのかまたり》（後の藤原《ふじわら》鎌足）は、孝徳《こうとく》天皇の即位を受け、大化改新《たいかのかいしん》を断行する。

ちなみに、孝徳天皇は中大兄皇子の叔父で、孝徳天皇の姉が中大兄皇子の母・皇《こう》極《ぎょく》（斉明《さいめい》）天皇だ。また、中大兄皇子の弟が、大海人皇子《おおあまのみこ》（後の天武《てんむ》天皇）である。孝徳天皇が崩御《ほうぎょ》（天皇が死ぬこと）すると、中大兄皇子は母（斉明天皇）を担《かつ》ぎ上げ、その下で実権を握り、無謀ともいえる百済《くだら》救援に向かう。

六世紀から七世紀の朝鮮半島では、高句麗《こうくり》、百済、新羅《しらぎ》の三国が鼎立《ていりつ》していたが、六六〇年（斉明六年）、唐《とう》・新羅連合軍によって、百済は滅ぼされることになる。その後、一時倭国《わこく》（日本）に亡命していた百済王子・豊璋《ほうしょう》は祖国の再興を期して、倭国に援軍を求めた。

しかし、唐と新羅の連合軍の前に大敗北を喫すると、中大兄皇子の人気も急落。その後即位して天智天皇となるが、晩年、お家騒動が勃発《ぼっぱつ》する。天智の弟の大海人皇子と、天智の子の大友皇子《おおとものみこ》が、玉座を争ったのだ。そして天智崩御後、両雄は激突する。これが壬申の乱《じんしんのらん》（六七二年）で、大海人皇子が劇的勝利を収めて即位し、天武天皇となる。

天武天皇は、皇族だけで政局を仕切るという独裁体制を布《し》いた。これを皇親政治《こうしん》というが、天武天皇崩御ののち、皇后の鸕野讃良《うののさらら》（後の持統《じとう》天皇）が即位し、夫の遺志を継承した。持統天皇は中臣鎌足の子・藤原不比等《ふじわらのふひと》を大抜擢し、律令《りつりょう》整備に奔走したのである。

八世紀に入り、藤原不比等やその子、孫たちは律令制度を充実させ、藤原全盛期を迎えることになる。藤原氏は天武天皇の作り上げた皇親体制を否定し、実権を豪族の手に引き戻し、その一方で、自家の娘を天皇に嫁がせ、外戚の地位を確立していったのである。

これが、通説のいう「万葉の時代」ということになる。

しかし、私見はまったく異なる。

まず、改革事業の旗振り役は、通説で「逆賊」とされた蘇我氏であったと考える。蘇我氏の後押しを受けて活躍したのが、孝徳天皇や天武天皇だった。

天武天皇の皇親政治も、蘇我氏が描いた律令体制を実現するための強権発動で、

天皇家と蘇我氏の関係略図

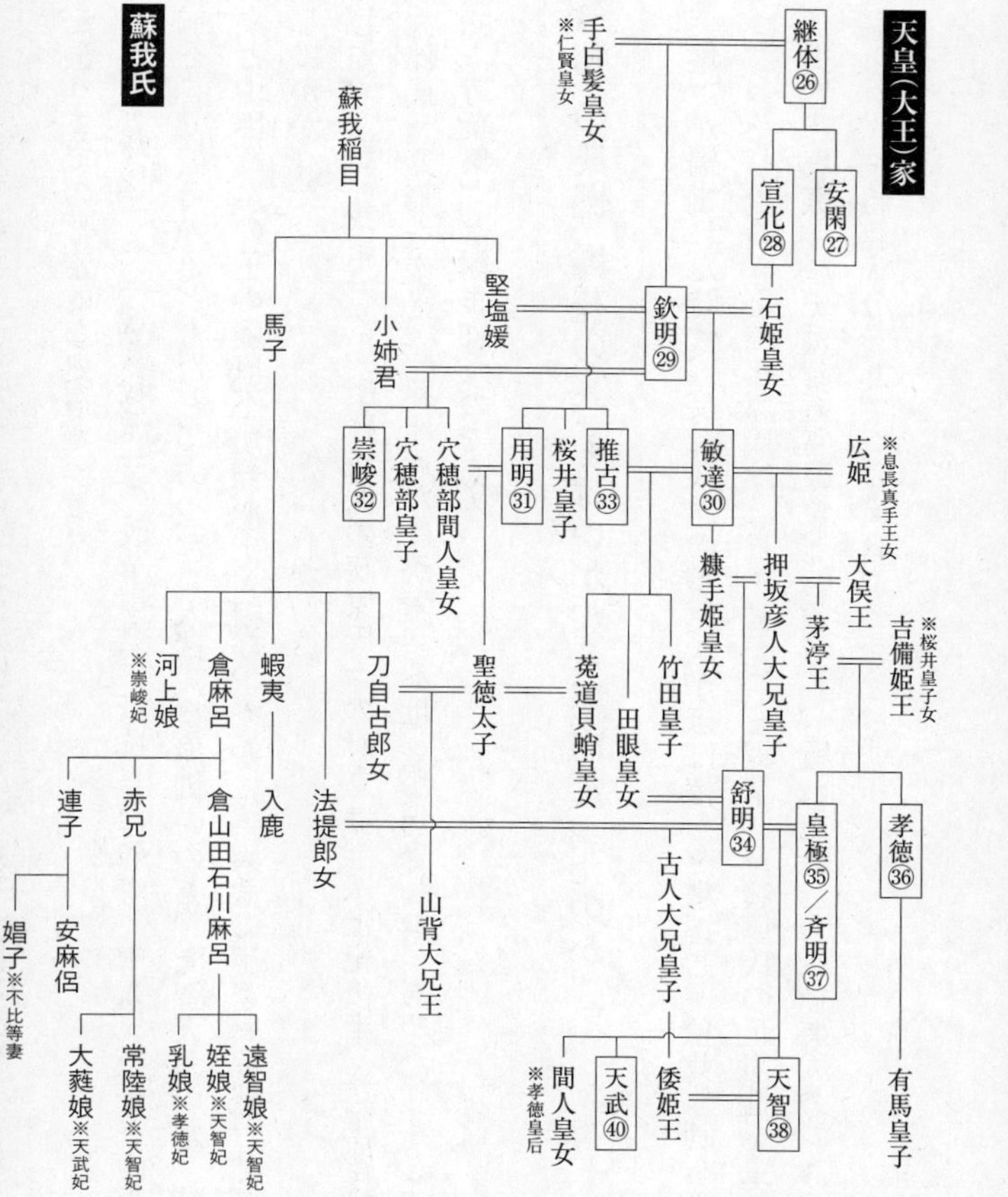

※丸内数字は皇（王）位継承順。長幼の順不同。

律令が整うまでの暫定的な処置だった。

一方で、「蘇我」や「親蘇我派」の改革事業に抵抗したのが、中大兄皇子と中臣鎌足、そして彼らの子どもたちであった。天武天皇崩御ののち、天智天皇の娘・持統天皇と中臣鎌足の子の藤原不比等が手を結び、密《ひそ》かに「天武の王家＋蘇我」体制を潰《つぶ》しにかかった。

そして、「親蘇我派」と「反蘇我派の藤原氏」の対立は、八世紀後半、「藤原氏」対「大伴氏《おおともし》」と形を変え、「藤原氏だけが栄える世」が到来しつつあった。そしてここで『万葉集』が編まれたのである。

「令和」の典拠「梅花の宴」とはいかなる場面だったのか

『万葉集』が編まれた時代、反蘇我派の藤原氏がほぼ権力を掌握し、独裁体制を固めつつあった。そのうえで藤原氏は『日本書紀《にほんしょき》』を編纂《へんさん》し、藤原氏の正当性を主張した。当然、真実の歴史は隠匿《いんとく》、改竄《かいざん》、抹殺され、敗れた者たちは極悪人のレッテルを貼られ、泣き寝入りをしていた時代だった。

そんな中、最後に残った名門豪族・大伴氏は、藤原氏に抵抗し、孤立していたが、歴史の真相を後の世に残そうともがいた。その結果誕生したのが、『万葉集』だ。この歌集は歴史書であって、「文学」のジャンルで括《くく》ってしまっては、大伴氏たちの「執念」を見落とすことになる。

その点、二十一世紀に至り、新元号「令和」の二文字が、『万葉集』から引用されたことは、じつに画期的な「事件」だと思う。しかも、「令和」は、『万葉集』編纂者の一人と目されている大伴家持《おおとものやかもち》の父・大伴旅人《おおとものたびと》と関わりが深い。

平成三十一年（二〇一九）四月一日、菅義偉官房長官は新元号「令和」を発表し、安倍首相は記者会見で、元号に託した意味は「人々が美しく心を寄せ合う中で文化が生まれ育つ」ことだと述べている。

ちなみに、外国メディアは、「令」を「order」と訳していて、命令や秩序の意味に捉えている。日本のメディアも、「令」を悪いイメージで語っていることがある。そのため外務省は、「令和」を「Beautiful Harmony」と紹介した。

その「令」「和」の二文字は、『万葉集』巻五の「梅花《ばいくわ》の歌三十二首」（巻五―八一五～八四六）の序文に残された言葉だ。

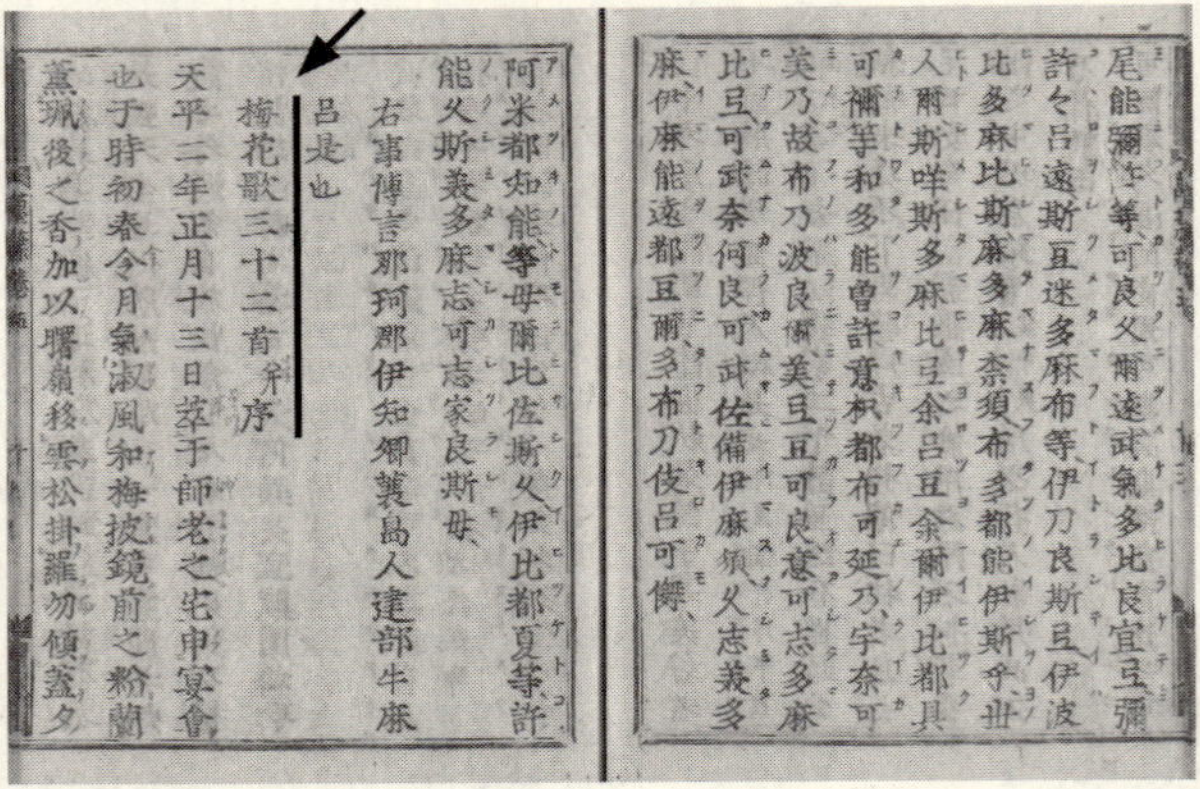
尾能彌許等可良久爾遠武氣多比良宜弖彌
許々呂遠斯豆迷多麻布等伊刀良斯弖伊波
比多麻比斯麻多麻奈須布多都能伊斯乎世
人爾斯咩斯多麻比弖余呂豆余爾伊比都具
可禰等和多能曾許意枳都布可延乃宇奈可
美乃故布乃波良爾美豆可良意可志多麻
比弖可武奈何良可武佐備伊麻須久志美多
麻伊麻能遠都豆爾多布刀伎呂可儛
阿米都知能等母爾比佐斯久伊比都夏等許
能久斯美多麻志可志家良斯母
右事傳言那珂郡伊知郷蓑島人建部牛麻
呂是也
梅花歌三十二首并序
天平二年正月十三日萃于帥老之宅申宴會
也于時初春令月氣淑風和梅披鏡前之粉蘭
薫珮後之香加以曙嶺移雲松掛羅而傾蓋夕

「梅花歌三十二首并序」の部分
※『萬葉集（巻第五）』より（国立国会図書館デジタルコレクション）

序文の大意を掲げておこう。原文は、漢文だ。

天平《てんぴょう》二年（七三〇）正月十三日に帥《そちの》老《おきな》（大伴旅人）の宅に集まって宴会をくり広げた。初春正月の令月（良い月）で気は良く、風は穏やかだ（風和《やわら》ぐ）。梅は白く咲き、蘭は匂い袋のように芳《かんば》しい（中略）。言葉も忘れるほど楽しく和やかだ。この愉快な気持ちは、文筆がなければどうして述べることができるだろう。庭の梅を題材にして、歌を作りなさい。

このあと、筑紫《つくし》歌壇《かだん》の面々の歌が続くのだが、序文に残された「令月」と「風和」の中の「令」と「和」の文字を重ねて、元号は生まれたわけだ。

日本の元号は七世紀半ばの「大化《たいか》」からあと「平成《へいせい》」に至るまで、漢籍から元号の二文字を選んできた。ところがはじめて、日本の歌集（『万葉集』）から、元号が生まれたのだ。

「梅花の歌」序文に隠された大きな謎

もっとも、この序文は、万葉仮名（大和《やまと》言葉を漢字で表記する）ではなく中国の南北朝時代に記された『文選《もんぜん》』の「帰田賦《きでんのふ》」の一部（「仲春令月、時和し気清らかなり」）を借用したものだ。だから、「純粋な日本の古典ではない」と、批判する者も現れた。しかし、もともと漢字そのものが中国から伝わったものだから、やむを得ない。「日本で書かれた文献から漢字を拾ってきた」という事実が、大切なのだ。

ただし、この序文、そのまま素直に「正月の楽しいひと時」と受けとるわけにはいかない。まず、中国の『文選』の一節「帰田賦」は、政権を批判する内容になっている。後漢《ごかん》時代の政治家で発明家、天文学者の張衡《ちょうこう》が都を離れる時、愚かだった安帝《あんてい》と政治腐敗に辟易《へきえき》して詠《よ》んだものだった。

ひょっとすると、『万葉集』編者は、その「帰田賦」の裏事情を熟知していて、あえて序文に引用したのではなかったか。というのも、この「梅花の宴」の開かれた前年、大伴旅人が頼りにしていた反藤原派の旗頭《はたがしら》・長屋王《ながやおう》を、藤原氏は追い詰めていたからだ。長屋王の一家は、冤罪《えんざい》によって、全滅の憂き目に遭っていたのだ（藤原系の妃《みめ》と子だけ助けられた）。

筑紫歌壇は、都を追われた反藤原派の集まりであり、本当なら、恨み言のひとつも言いたかっただろうが、「楽しい、楽しい」と、装う必要があったのだろう。ここに、不自然な空気を感じる。

たとえば、筑紫歌壇で小野老《おののおゆ》が詠んだ歌にも、不可解な謎が隠されている。それは、『万葉集』巻三―三二八で、誰もが知る「あをによし」の歌だ。ちなみに小野老は、聖徳太子のもとで活躍した小野妹子《いもこ》の曽孫にあたる。

あをによし　寧楽《なら》の京師《みやこ》は　咲く花の　薫《にほ》ふがごとく　今盛りなり

寧楽の京師＝平城京《へいじょうきょう》の繁栄を謳《うた》いあげ、雅《みやび》な景色が匂い立つような名歌だ。ただし、引っかかる。なぜ誰も、「奇妙な歌だ」と指摘しないのだろう。考えてみればこの時代の「寧楽」は、藤原氏が高笑いしていた藤原の天下だった。平城京の繁栄を褒め称えるということは、藤原氏を礼讃《らいさん》することに通じる。もちろん、大伴旅人らは、藤原氏を憎み、長屋王の悲劇を、指をくわえて見ているほかはなかった。

小野老はいったい、何を考えていたのだろう。

小野老は十年ほど官位があがらず、くすぶっていた。そしてこの時、筑紫に赴任していたのだが、長屋王の変（七二九年）の直後から、一気に出世していく。

こういうことではなかったか。小野老は、大宰府《だざいふ》に追いやられた人たちの動向を探るように藤原氏に命じられたのだろう。小野老は「親蘇我派」の小野妹子の末裔《まつえい》だから、藤原の手先になるのは、本意ではなかっただろう。しかし、長屋王の事件の直前、何かしらの理由で、受け入れざるを得なくなったのではなかったか……。

ただ、良心の呵責《かしゃく》から、小野老は筑紫歌壇の皆に、「私はスパイだから、気を許すな」「他にもスパイがいるかもしれない」「本音を語ってはいけない」と、伝えたかったのではあるまいか。そして、「寧楽（藤原の世）の繁栄を称える歌」を、皆の前で披露することで、目的を果たしたのではなかったか。

「あをによし」の歌が詠まれた時の、筑紫歌壇の一同の驚き青ざめた表情（あるいは、ポーカーフェイスだったか）が、目に浮かぶようだ。そしてだからこそ、天平二年正月十三日の「令和」が切り取られた序文の場面でも、楽しげな雰囲気を、誰もがあえて「演じた」のだろう。

多くの万葉学者が気付いていない、『万葉集』の裏側である。「令和」の元号には、悲しい歴史が横たわっていたことだけは、知っておいてほしいのだ。

『万葉集』には、これまで語られてこなかった「裏の顔」が隠されている。そこでまず、大伴氏と『万葉集』の話をしておこう。『万葉集』の中でも、後半の歌の数々だ。

最後の歌に籠められた大伴家持の思い

『万葉集』の後半を飾るのは、大伴旅人と家持の親子の歌である。特に、巻十七以降は、大伴家持の影響力が大きい。『万葉集』の編纂については諸説あるが（詳しくは次章）、最終編纂者は、大伴家持ではないかとする考えが登場するのも、当然のことである。

ところで、『万葉集』の謎のひとつに、大伴家持の『万葉集』全巻の最後の歌（巻二十―四五一六）がある。巻末を飾るのにふさわしくないというのである。

新《あらた》しき　年の始めの　初春《はつはる》の　今日《けふ》降る雪の　いやしけ吉事《よごと》

（大意）新しい年の始めの初春の、今日降る雪のように、積もれよ吉事。

なぜ『万葉集』最後の歌が、正月の歌なのだろうか。

一説に、大伴家持と親しかった大原今城《おおはらのいまき》（万葉歌人・今城王《いまきのおおきみ》）が東国に赴任したために、『万葉集』はここで終わったとする（中西進）。

また、大濱眞幸はこれを、暦《こよみ》の視点から解き明かせるのではないかという。

大伴家持の歌には立夏、立春、初子《はつね》（月の最初の子《ね》の日。あるいは年初の子の日。大伴家持の歌の場合、後者）の歌などがあることから、大濱眞幸は、天平宝字《てんぴょうほうじ》三年

（七五九）正月一日の「暦」からみた意味を調べてみると、ちょうど「立春」の日にあたっていたこと、暦日の始発としての元日と「豊年の雪」と「立春」を重ねていたことが分かる、とする。つまり、この日は「歳旦《さいたん》立春（元旦で立春）」にあたり、並の正月ではなく、十九年に一度のめでたい日だったこと、「いやしけ吉事」という言葉をさしはさんだ必然性も理解できるといい、次のように述べる。

この幾重にも重なるめでたさにこそ、巻一巻頭歌のめでたさとの照合性が従来にも増して読み取れるのではないか、このことこそが、まさしく『万葉集』の最終歌としての相応しさではないかと考えるようになったのです。（『万葉集を学ぶ人のために』中西進編　世界思想社）

なるほど、大伴家持が吉日にめでたさを詠み上げたことは確かであろうし、この歌を巻末にもってきた理由も、これで理解できるかもしれない。

しかし、大伴家持が当時置かれた立場を考えると、この締めくくり方が、あまりにも皮肉めいてみえてくるのである。

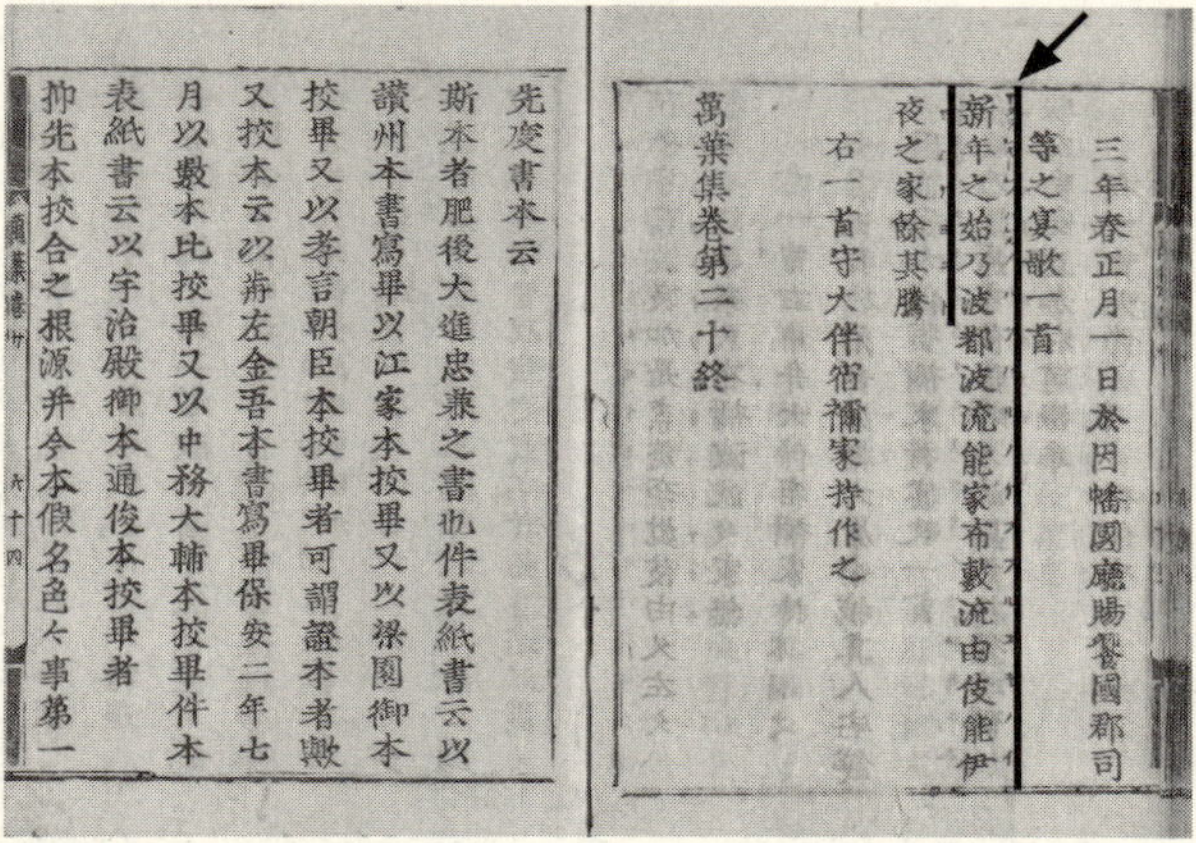
三年春正月一日於因幡國廳賜饗國郡司
等之宴歌一首
新年之始乃波都波流能家布敷流由伎能伊
夜之家餘其騰
右一首守大伴宿禰家持作之
萬葉集巻第二十終

先度書本云
斯本者肥後大進忠兼之書也件表紙書云以
讃州本書寫畢以江家本挍畢又以梁園御本
挍畢又以孝言朝臣本挍畢者可謂證本者歟
又挍本云以帥左金吾本書寫畢保安二年七
月以數本比挍畢又以中務大輔本挍畢件本
表紙書云以宇治殿御本通俊本挍畢者
抑先本挍合之根源并今本假名色々事第一

『万葉集』最後の歌
※『萬葉集（巻第二十）』より（国立国会図書館デジタルコレクション）

前述したように、万葉の時代とは、藤原氏が一党独裁を目指した時代とも言える。藤原氏に逆らう者たちは、血の粛清《しゅくせい》によって次々と倒れていった。古代史を彩《いろど》った旧豪族はほとんど姿を消し、最後に残った大豪族が、大伴氏だったのである。

そして、大伴氏を代表する旅人と家持の親子は、藤原氏全盛時代、孤立し、辛酸《しんさん》をなめるのである。

したがって、大伴家持が「いやしけ吉事」と、「いいことがたくさんありますように」と願掛けし、「希望に満ちた歌」「復活を願う歌」を『万葉集』の最後に持ってきたのは、「いつか藤原の世が終わり、明るい未来が始まりますように」という、『万葉集』編者の願いが込められていたのではないかと思えてくるのである。

そして、この大伴家持の願いこそ、藤原氏の圧政に苦しんだ人々の心の叫びだったのではないかと思えてならないのである。

天孫降臨神話から活躍する名族「大伴氏」

そこで、『万葉集』の編纂意図を探るためにも、ここで大伴氏の歴史について考えてみよう。

大伴氏といえば、神武東征《じんむとうせい》以来のヤマトの豪族として名高いが、神話の世界にも登場している。それが天孫降臨《てんそんこうりん》神話で、『古事記《こじき》』と『日本書紀』の一書《あるふみ》の第四（一書とは『日本書紀』本伝に併記された異伝をいう）に記録されている。

まず『日本書紀』には、天津彦国光彦火瓊瓊杵尊《あまつひこくにてるひこほのににぎのみこと》（天津彦彦火瓊瓊杵尊《あまつひこひこほのににぎのみこと》）が真床《まとこ》追衾《おうふすま》（胞衣。胎児をくるむ衣）にくるまれ、天盤戸《あまのいわと》を引き開け、天八重雲《あまのやえくも》を押し分けて降《くだ》ったとあり、この時、大伴連《おおとものむらじ》の遠祖《とおつおや》・天忍日命《あまのおしひのみこと》が来目部《くめべ》の遠祖・天槵津《あまのくしつ》大来目《おおくめ》を率いたという。その背には、天磐靫《あまのいわゆき》（矢を入れる器）を負い、腕には鞆《とも》をつけ、手には弓と矢を持ち、頭槌剣《かぶつちのつるぎ》（柄頭《つかがしら》が膨《ふく》らんだ形の剣）を佩《は》き、天孫《あめみま》の一行の先頭に立ったとある。ここに、大伴氏が「武門の家」であることが、明確に示されている。

ちなみに、ここに登場する「来目部」とは、大伴氏配下の軍事的部民《べみん》である。

一方、『古事記』の天孫降臨神話には、大伴連らの祖・天忍日命と久米直《くめのあたい》らの祖・天津久米命《あまつくめのみこと》の二人は、天《あめ》の石靫《いわゆき》（天磐靫）を負い、頭椎《かぶつち》の大刀《たち》（頭槌剣）を佩き、天のはじ弓（ハゼの木で作った弓）を持ち、天の真鹿児矢《まかこや》を手ばさみ、天孫の先頭に立って先導したとある。

天皇家の歴史の輝かしい一ページに、大伴氏が活躍していたことは注目されるが、天孫降臨神話は「史実ではない」と考えるのが常識となっていて、また、この一節に大伴氏が登場するのは、大伴氏の祖先伝承が記紀神話に取り入れられたからだろう、と考えられてもいる。

ただし、だからといって、この話がまったくの絵空事《えそらごと》かというと、「何かしらの事実があって、それを神話化したのだろう」とする考えもある。

その「事実」は、いつ、どこで起こった事件なのだろう。

『日本書紀』には、神武東征の場面で、大伴氏の遠祖・日臣命《ひのおみのみこと》が尽力していたと記されている。神武一行が熊野山中で道に迷った時、夢に天照大神《あまてらすおおみかみ》が現れ、頭八咫烏《やたからす》を遣《つか》わすと言い、道案内をしてくれるという。はたして、神託どおり頭八咫烏が現れた。この時、大伴氏の遠祖・日臣命は大来目を率《ひき》い、山を踏み、道を拓《ひら》き、頭八咫烏の行方を追ったという。そして無事、菟田《うだ》（奈良県宇陀《うだ》郡）に至ることができた。そして、この業績が称《たた》えられ、日臣命は道臣命《みちのおみのみこと》と名を改められたという。

この場面、天孫降臨の「大伴氏の祖が先導役をかって出た」という話とよく似ている。このため、二つの話の出所は同じだろうと考えられている。

神武東征と大伴氏の関わり

『古事記』には、神武のヤマト入りに抵抗した兄宇迦斯《えうかし》の次のような話が載る。

宇陀に兄宇迦斯と弟宇迦斯《おとうかし》の二人がいた。まず八咫烏《やあたからす》を遣わして、二人に次のように尋ねた。

「今、天神《あまつかみ》の御子《みこ》がお出《い》でになりました。あなたたちは仕《つか》えますか」

すると、兄宇迦斯は鳴鏑《なりかぶら》（鏑矢《かぶらや》）を放ってきた。その鳴鏑が落ちた場所を訶夫《かぶ》羅前《らさき》（不明）という。兄宇迦斯は神武の一行を迎え討とうと兵を挙げようとしたが、うまく集まらなかった。そこで、「仕えましょう」と偽《いつわ》り、大殿《おおどの》を造り、その殿《みあらかの》内《うち》に罠を張り、待ち構えた。

道臣命
※『前賢故実』（菊池容斎著）より
（国立国会図書館デジタルコレクション）

その時、弟宇迦斯が迎えにあがり、兄・兄宇迦斯の奸計《かんけい》を報告した。罠が仕掛けられていることを知った大伴連らの祖・道臣命と久米直らの祖・大久米命の二人は、兄宇迦斯を召して罵《ののし》り、次のように告げた。

「おまえが御子のために造

った大殿には、おまえが先に入って、お仕えすることをちゃんと見せろ」

こう言って横刀の柄《つか》を握り、矛《ほこ》をしごき、矢をつがえ、追い入れると、兄宇迦斯は自分で仕掛けた罠にはまり死んでしまった。その亡骸《なきがら》を引っ張り出し、切り刻んだ。そのため、ここを「宇陀の血原《ちはら》(場所は未詳)」と呼ぶようになったという。

このように、天孫降臨、神武東征の場面で、大伴氏の祖は、久米部らの祖を率いて、王家の祖を先導していたことが分かる。

さらにこの後、大伴氏は王家に近侍《きんじ》し、活躍していたと『日本書紀』はいう。

大伴氏は五世紀後半に出現した?

大伴氏の祖は、この後も歴史に登場してくる。

『日本書紀』垂仁《すいにん》天皇二十五年二月の条には、阿倍臣《あべのおみ》、和珥臣《わにのおみ》、中臣連《なかとみのむらじ》、物部連《もののべのむらじ》、大伴連、それぞれの遠祖たち五人の大夫《まえつきみ》にむかって、次のような詔《みことのり》が告げられたと記される。すなわち、先帝・崇神《すじん》天皇は、英明で物事によく通じていた。天神地祇《てんじんちぎ》を敬い、おのれを律し日々慎まれた。だから、民は富み栄え、天下は太平であった。そうであるならば、私自身も祭祀《さいし》を怠ることができようか、という。

ここに登場する崇神天皇は第十代だが、実在した初代王と目されている。したがって、この記事は三世紀後半から四世紀前半にかけてのものであろう。大伴氏の祖が、朝廷のトップの五人の大夫の中に選ばれていたということになる。

垂仁朝に大夫に選ばれていた大伴連の遠祖は武日連《たけひのむらじ》だが、次の景行天皇の時代にも、この人物は歴史に登場している。景行四十年秋七月条には、日本武尊《やまとたけるのみこと》（ヤマトタケル）の東征に際し、吉備武彦《きびのたけひこ》と大伴武日連《おおとものたけひのむらじ》を従わせたといい、ヤマトタケルが日高見国《ひだかみのくに》（東北地方）の蝦夷《えみし》を平定し、甲斐国酒折宮《かいのくにさかおりのみや》（山梨県甲府《こうふ》市）に滞在していた時、大伴武日連に靫負部《ゆげいべ》を下賜《かし》したという。ここにある靫負部とは、地方の首長の子弟によって率いられた軍団で、大伴武日連が統率することになったという。

ヤマトタケルの子で第十四代仲哀《ちゅうあい》天皇の時代、大伴連の祖・大伴武以《おおとものたけもち》なる人物が、中臣氏、大三輪《おおみわ》氏、物部氏と並んで、四人の大夫の一人として登場し、宮中の警護を任されたという。ちなみに、この大伴武以、『日本三代実録《さんだいじつろく》』には、大伴氏の先祖で大伴建日《おおとものたけひ》（武日）の子の「建持大連公《たけもちおおむらじきみ》」として登場している。

大伴室屋
※『前賢故実』より(国立国会図書館デジタルコレクション)

もっとも、この大伴武以までは架空の人物で、実在した大伴氏の祖は、武以の子の大伴室屋《おおとものむろや》からだろうと、通説はいう。それはなぜかと言えば、まず垂仁朝の五人の大夫の顔ぶれは、和銅三年(七一〇)から和銅《わどう》七年(七一四)にかけての執政官《しっせいかん》が、阿倍、和珥(小野・粟田《あわた》)、物部(石上《いそのかみ》)、中臣(藤原)であったこと、仲哀朝の四人の大夫も、文武《もんむ》朝初頭に登場する執政官と同じだったことから、後世の歴史を踏まえたうえで、創作されたのであろうというのである。

では、通説も実在したと認める大伴室屋とは、何をした人なのだろうか。

大伴室屋は五世紀後半の人で、允恭《いんぎょう》天皇から顕宗《けんぞう》天皇の時代まで、五代の天皇に仕えた。たとえば雄略《ゆうりゃく》天皇の時代、平群臣真鳥《へぐりのおみまとり》が大臣《おおおみ》に、大伴連室屋と物部《もののべの》連目《むらじめ》を大連《おおむらじ》に叙《じょ》したとあり、朝廷の三本指に入っていたことが分かる。雄略二十三年八月、雄略天皇の崩御《ほうぎょ》（天皇が死ぬこと）の直前、大伴室屋と東漢掬《やまとのあやのつか》の二人に、邪悪な心を抱いている人物が存在すること、皇太子の行く末を案じていると述べ、

「おまえたちは広大な民部《かきべ》を保有し、国に満ちている。だから、皇太子を守ってほしい」

と頼んだという。ここにある「民部」とは、豪族の私有民のことで、大伴室屋が多くの民と各地に広大な領土を有していたことが分かる。ちなみに、大伴氏は南部九州から神武天皇とともにやってきたというのに、なぜか東国（常陸国《ひたちのくに》から陸奥国《みちのくのくに》にかけて）に強い地盤を持っていた。その理由は定かではないが、のちに触れるように、このことが、この後の大伴氏の命運を分けていく。

大伴氏系略図

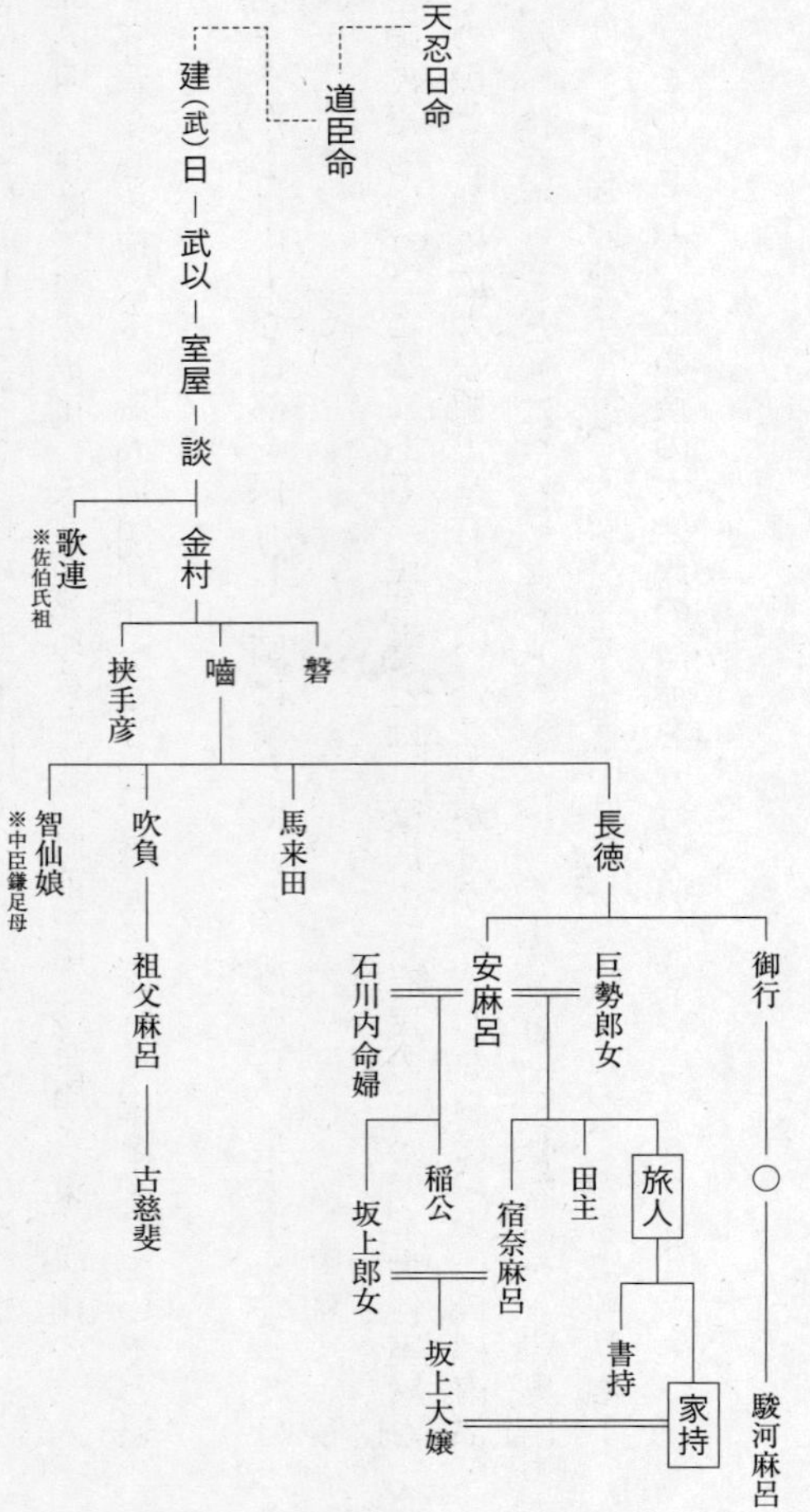

天忍日命
道臣命
建(武)日
武以
室屋
談
金村
歌連
※佐伯氏祖
磐
噛
挟手彦
長徳
馬来田
吹負
智仙娘
※中臣鎌足母
祖父麻呂
古慈斐
御行
巨勢郎女
安麻呂
石川内命婦
○
旅人
田主
宿奈麻呂
稲公
坂上郎女
書持
家持
坂上大嬢
駿河麻呂

継体天皇即位の立役者

それはともかく、六世紀初頭の継体《けいたい》天皇の登場前後から、大伴氏はめきめきと頭角を現し、実力をつけていったようだ。武烈《ぶれつ》天皇即位前紀には、次のような事件が記録されている。

当時ナンバーワンの地位にあった平群真鳥とその子・鮪《しび》は、専横《せんおう》を極めていた。物部氏の影媛《かげひめ》をめぐって、武烈と鮪は争い、武烈は大伴室屋の孫・大伴金村《おおとものかなむら》に泣きついた。大伴金村は数千の兵を率い、乃楽山《ならやま》(奈良県奈良市)で鮪を殺すと、真鳥を討ち取ることを進言し、命じられれば自分がその役割を担《にな》うことを進言した。武烈は喜び、「希世の勇者でなければ成し遂げることはできないだろう。平らげられるのは、金村しかいないだろう」と述べ、策に乗った。そして金村は、真鳥の館を囲み、一気に滅亡に追い込んだのだった。金村は政《まつりごと》を太子(武烈)に奉還《ほうかん》し、即位を促した。大伴氏が朝堂《ちょうどう》のトップに躍《おど》り出た瞬間である。

もっとも、武烈天皇は即位後酒池肉林《しゅちにくりん》を繰り返し、暴虐の限りを尽くしている。

さらに、武烈には子がなかったから、武烈崩御ののち、朝廷は混乱し、皇位継承問題が勃発した。そこで、大伴金村は皇統が途絶え、天下の民は不安にしていると言い、旗振り役になって、皇位継承候補探しを始めた。そして、大伴金村は、越《こし》（北陸）の応神《おうじん》天皇五世の孫・男大迹王《おおどのおおきみ》（のちの継体天皇）を擁立《ようりつ》しようと奔走したのだった。

樟葉宮《くすはのみや》（大阪府枚方市《ひらかたし》）に留まった男大迹王は、「自分には才覚がない」と躊躇《ちゅうちょ》したが、大伴金村の説得によってようやく即位したのだった。また、大伴金村は、継体天皇に前王家の娘・手白香皇女《たしらかのひめみこ》を娶《めと》ることを進言している。このため、継体天皇はヤマトの王家に婿入《むこい》りする形となった。

このように、応神天皇五世の孫を擁立するという「奇策」をお膳立てし、成功させた最大の功労者は大伴金村であった。また、継体二十一年（五二七）に勃発した磐井《いわい》の乱《らん》の鎮圧《ちんあつ》にも尽力した。

だが、大伴金村は欽明《きんめい》元年（五四〇）九月、外交問題の責任をとらされ、失脚したと考えられている。任那《みまな》四県を百済《くだら》に割譲《かつじょう》し、ヤマト朝廷と密接につながっていた任那（伽耶《かや》諸国）は動揺し、また、ヤマト朝廷に対し、不信感を抱くようになってしまった。そして、ここで勃興してくるのが、物部氏と蘇我氏である。

大伴金村の子の大伴嚙《おおとものくい》は、蘇我氏が主導した体制の中で、物部守屋《もののべのもりや》滅亡事件に参戦し、渋河《しぶかわ》（大阪府東大阪市）の家を囲んでいる。大伴嚙は、この後将軍として筑紫《ちくし》に赴き、朝鮮半島に派遣されている。また、推古《すいこ》十六年（六〇八）、大伴嚙は、隋使《ずいし》・裴世清《はいせいせい》を迎え入れるに際し、裴世清から「書」を受け取り、「大門《みかど》の前」にさし出す役割を担ったが、だからと言って、金村のように、政局を動かす立場にいたわけではない。

大伴金村失脚後、大伴氏が再び台頭するのは、七世紀半ばの孝徳朝でのことだった。大伴長徳《おおとものながとこ》（大伴馬来田《まくた》、吹負《ふけい》の兄）が右大臣《うだいじん》に取り立てられた。さらに、壬申の乱（六七二年）では、大伴氏が大海人皇子側につき、失地を回復し、奈良時代の政争の渾沌《こんとん》の中に放り込まれるに至ったのである。

ただし通説は、これらの「天皇を導くますらお＝大伴氏」「天皇のために活躍したますらお」という話は、壬申の乱の大伴氏の活躍が神話化されたのではないかと疑っている。『日本書紀』天武元年六月条には、近江《おうみ》朝側にいた大伴馬来田と弟の吹負が病《やまい》と偽ってヤマトに引き払っていたこと、吉野を脱出した大海人皇子の一行を大伴馬来田が追い、菟田《うだ》の地で合流したとあり、また吹負は、ヤマトに留まり、近江軍と戦ったと記録されている。

この壬申の乱の活躍を大伴氏が脚色し、説話化されたものが、神話に取り上げられたのだろうと考えられているのである。

しかし、天孫降臨神話そのものが絵空事かというと、筆者はむしろ「これは事実」と考えている。天皇家の祖は、抜きさしならぬ事情によって北部九州を追われ、南部九州（日向《ひむか》）に一度逼塞《ひっそく》したのではないかと考えている。そして、大伴氏の祖は、南部九州時代から、天皇家を守り続けてきたのではないかと思えてならないのである（拙書『海峡を往還する神々』PHP文庫）。

天皇家との並々ならぬ関係

大伴氏の始祖について、大伴家持は奇妙な発言をしている。それが、『万葉集』巻十八―四〇九四の「陸奥国《みちのくのくに》より金《くがね》を出《いだ》せる詔書《しょうしょ》を賀《ほ》く歌一首」だ。この歌は、天平《てんぴょう》二十一年（七四九）四月一日に、聖武《しょうむ》天皇が東大寺に行幸《ぎょうこう》し、盧舎那仏《るしゃなぶつ》（大仏)に北面し、読み上げさせた宣命のことをいっている。「三宝《さんぼう》の奴《やっこ》として仕《つか》え奉《たてまつ》る天皇《すめらみこと》」が、日本にはないと思っていた黄金が陸奥国から発見されたことを報告し、盧舎那仏から下賜《かし》されたものと、感謝する内容である。

この宣命《せんみょう》を聞き、大伴家持は黄金産出を素直に喜び称えているのだが、歌の中に、次のような一節が残されている。これが、大きな謎を生んでいる。

遠つ神祖《かむおや》の　その名をば　大来目主《おほくめぬし》と　負《お》ひ持ちて　仕へし官《つかさ》

つまり、大伴氏の遠い先祖は「大来目主」の名を負って王家に仕えてきた、というのである。

あらためて確認するが、大伴氏の祖は、『古事記』と『日本書紀』神代下には「天忍日命」、神武紀には「日臣命」とある。これに対し、「大来目主」から連想されるのは、大伴氏の祖たちが従えていた「天津久米命」や「久米直《あたい》らの祖・大久米命」、さらには「来目部遠祖・天槵津大来目」であり、久米氏の祖のことである。

なぜ大伴家持は、主従関係にあった久米氏の祖と大伴氏の祖を重ねてしまったのだろう。

統率者だったから、その意を汲《く》んで、名前を重ねたのだろうという考えが、一般的に唱えられている。『萬葉集　四　日本古典文学大系』（岩波書店）の頭注は、「いろいろ異なった伝承があったらしい」とお茶を濁すが、どうにも釈然としない。『日本書紀』や『古事記』によれば、大伴氏と久米氏の祖は南部九州から神武天皇に従い、東に向かった人々であった。とすれば、彼らは南部九州出身だったのではあるまいか。と言うのも、「来目部」の「クメ」は、「熊襲《くまそ》（隼人《はやと》）」の「クマ」ではないかとする説があるからだ。八世紀になると、隼人が反乱を起こし、征討軍の将軍に大伴氏が選ばれるのだが、これも、大伴氏が南部九州や隼人と強いつながりを持っていたからではないかと思えてくるのである。

ちなみに、神話の中で隼人の祖は海幸彦《うみさちひこ》（火闌降命《ほのすそりのみこと》）として登場し、天皇家の祖・山幸彦《やまさちひこ》（彦火火出見尊《ひこほほでみのみこと》）の兄という設定になっている。これを信じれば天皇家と隼人は血縁関係で結ばれていたことになるが、だからと言って、通説はこのような話をそのまま受け入れていない。

北部九州を追われて南部九州に逃れて、いったん零落した天皇家の祖を守ったのが隼人だったとすれば、南部九州出身の大伴氏や久米氏が他の豪族にはみられない形で天皇家に近侍していた意味がはっきりとする。

先に挙げた陸奥国の産金にまつわる歌には、次のような続きが記されている。

海行かば　水浸《みつ》く屍《かばね》　山行かば　草生《む》す屍　大君の　辺《へ》にこそ死なめ　顧みは　せ
じと言立《ことだ》て

（大意）海を行けば水につかる屍、山行けば、草の生える屍になり、大君のおそばで死のうと、顧みはしないと誓う。

さらに、歌は次のように続く。

大伴と　佐伯《さへき》の氏《うぢ》は　人の祖《おや》の　立つる言立《ことだて》　人の子は　祖《おや》の名絶たず　大君に
奉仕《まつろ》ふものと　言ひ継げる　言《こと》の職《つかさ》ぞ　梓弓《あづさゆみ》　手に取り持ちて　剣大刀　腰に取
り佩《は》き　朝守り　夕《ゆふ》の守りに　大君の　御門《みかど》の守護《まもり》　われをおきて　人はあらじと
弥立《いやた》て思ひし増《まさ》る

（大意）大伴氏と佐伯の氏（佐伯氏は大伴氏同族）は、先祖が誓った「末裔は先祖の名を絶えず、大君にお仕えするだろう」と言い継いだ言葉の大切な職であるから、梓弓を持ち、剣太刀を佩いて、朝夕の守りとして、御門を守護する者は、ほかの人間にはできないと、奮い立つのである。

この歌を見ても、天皇家と大伴氏の、並々ならぬ関係が偲ばれる。それはなぜかと言えば、大伴氏が南部九州から天皇家を守り続けてきたという歴史が事実だったからではないかと思える。そして、隼人の祖が神話の世界で、天皇家と血縁関係を持っていたと語られることも、本来は大伴氏と王家の「他に例を見ない近さ」を物語っているのではないかと疑うのである。

久米氏の祖が大伴氏の祖とされる理由

ただそうは言っても、大伴家持が万葉歌の中で格下の久米氏の祖と自家の祖を重ねてしまったことは、不審きわまりない。

大伴氏の地盤は摂津《せっつ》から河内《かわち》にかけて、さらに、ヤマトの磯城《しき》郡（三輪山《みわやま》西麓）で、五世紀から六世紀にかけて、ヤマト朝廷が盛んに軍事行動を起こすようになり、大伴氏や物部氏は、軍事的伴造《とものみやつこ》を掌握し、実力をつけていったと考えられている。

菅野雅雄は『大伴氏の伝承』（桜楓社）の中で、大伴氏が越前と強く結ばれていること、この一族の出自は、越から近江にかけての一帯と推理し、この地域が渡来系の影響を強く受けていたことから、大伴氏は、朝鮮半島に対し、強い親近感を持ち続けた氏族ではないか、と指摘する。

さらに、『古事記』や『日本書紀』における多くの説話の中で、大伴氏が久米氏を配下に治め、天皇に近侍し、活躍していたと記されるが、『古事記』のヤマトタケル東征説話の中では、「ヤマトタケルは東征に際し、久米直の祖の七拳脛《ななつかはぎ》を従えた」という記事が載り、ここで大伴氏の祖の名が欠落していること、四三ページで紹介した歌（巻十八―四〇九四）の「名を負う」の意味は、「血縁関係」を意味していないことから、「久米氏を支配していた大伴氏」という図式をまず疑っている。

そのうえで、大伴氏の別業《なりどころ》がヤマトの久米氏の本拠地（双方ともに奈良県橿原《かしはら》市）

と隣接していることから、二つの氏族は「血縁」で結ばれていたのではなく、「地縁」でつながっていたのではないかと説く。来目部の分布は西日本に、大伴部が東国に偏在しているのは、大伴氏が継体天皇即位とともにヤマトに乗り込んだと考え、久米氏と大伴氏の立場が逆転したのではないかと指摘した。

久米氏は元来、天皇に従って軍事氏族として国家創業に力を尽したが、中途勢威を失墜し、後発の大伴氏にその地位を譲ったのであろうと推測される。(『大伴氏の伝承』 桜楓社)

つまり、久米氏と大伴氏は天皇に近侍し、同じ職掌で重なり、大伴氏が力をつけると、久米氏の祖の名を負うに至った、ということになる。

説得力のある推理だが、これまで他の拙著の中でも述べてきた私見に当てはめると、もう少し違う仮説が浮かび上がってくる。

そこで少し、私見を簡潔に披瀝《ひれき》しておかなければならない。

話はヤマト建国まで遡《さかのぼ》る。

ヤマト建国後の主導権争いで、瀬戸内海と日本海＋北部九州連合は、交易ルートの覇権争いを演じた。その結果、日本海＋北部九州連合は敗れ、連合を形作っていた「貴種《きしゅ》」たちは、東に西に逃れていったと考えられる。この歴史が神話化され、出雲《いずも》の国譲り、天孫降臨となった。南部九州に逃れたのが天皇家の祖で、また越《こし》（あるいは東国）に逃れた者が、継体天皇の祖だったと考える。

通説は初代神武天皇と第十代崇神天皇を同一人物とみなすが、私見は、神武天皇と崇神天皇は同時代人で別人、神武天皇と第十五代応神天皇を、同一人物とみなす。日本海＋北部九州連合を裏切り、ヤマトの王権を奪取した瀬戸内海勢力であったが、祟《たた》りに悩まされ、南部九州に逃れた敵対勢力の「御子《みこ》」を、ヤマトに呼び寄せ王位に就けることによって、災難を振り払った。この「祟る御子をヤマトに呼び寄せた」のが崇神天皇で、崇神天皇の要請に応え、ヤマトの司祭王《しさいおう》の地位に立ったのが、神武天皇であろうと、筆者は見る。つまり、継体天皇が応神天皇の五世の孫と『日本書紀』に記されるのは、ヤマト黎明期《れいめいき》に各地に逃れた日本海＋北部九州連合の王族の末裔が、ヤマトの王家の祖と、継体天皇だったと推理している（詳細は『物部氏の正体』新潮文庫）。

この図式が描けると、久米氏と大伴氏のもうひとつのつながりが見えてくるのではあるまいか。すなわち、北部九州を追われた天皇家の祖は、東西二つに分かれて逃れた。

この時、久米氏の祖は南部九州へ、大伴氏の祖は越（あるいは東国）へ、王家の祖たちを守り、付き従ったのではなかったか。そしてもちろん、もともと久米氏と大伴氏は同じ祖から出ていた可能性も否定できないのである。だからこそ、大伴家持はヤマト建国以来の歴史を踏まえたうえで、「大来目主」の名を歌の中で高らかに掲げたのではあるまいか。

名門であることに誇りを持っていた大伴氏

大伴氏の歴史を長々と追ってきたのは、大伴氏の行動の謎が、大伴氏の長い歴史の中に隠されていて、奈良時代の大伴氏の行動を制約していたのではないかと思えてならないからである。

彼らには、「ヤマトの歴史を作り上げてきたのは、われわれ大伴氏だ」という気概があっただろう。そしてその一方で、「名門の家を潰すことはできない」という、使命感をも感じていたに違いない。

この大伴氏の心情を理解しない限り、旅人や家持の万葉歌の裏側も、見えてこないのである。

たとえば大伴家持は、神武東征以来の武門の家（ますらおの家）、名門中の名門に生まれたことを強く意識していた。それは、次の歌から分かる。それが、巻十七―三九六二、巻十八―四〇九八、巻二十―四三九八の歌だ。その中から、四〇九八の歌を挙げてみよう。

高御座《たかみくら》　天《あま》の日嗣と　天《あめ》の下　知らしめしける　皇祖《すめろき》の　神の命《みこと》の　畏《かしこ》くも　始め
給ひて　貴くも　定め給へる　み吉野《よしの》の　この大宮に　あり通《がよ》ひ　見《め》し給ふらし
物部《もののふ》の　八十伴《やそとも》の男も　己《おの》が負《お》へる　己が名《な》負《お》ひて　大君の　任《まけ》のまにまに　この
川の　絶ゆることなく　此の山の　弥《いや》つぎつぎに　かくしこそ　仕へ奉《まつ》らめ　いや
遠永《とほなが》に

（大意）天《あま》つ神の支配する地として天下をお治めになった代々の天皇が、造営され、定め置かれた吉野の宮殿に、絶えることなく通われ、ご覧になるらしい官人たちも、それぞれが負った名誉を守り、天皇の仰せに従い、絶えることのないこの川のように、長く続く山のように、お仕えするであろう。

その一方で、ますらおの家に生まれた大伴家持が、自家の衰退を嘆いた歌が、巻十九―四一六〇～四一六五である。四一六一の歌を掲げておく。

言問《こと と》はぬ　木すら春咲き　秋づけば　黄葉散らくは　常を無みこそ

（大意）物言わぬ木でさえ、春には咲き、秋には散る。世間は無常だからだろう。

これらの歌から、大伴家持は、歴史ある武門（ますらお）の家を継承し、その繁栄を願い続けていた様子がうかがえる。

しかし、律令制度が整い、正規軍の整備が進むなか、物部氏や大伴氏という限られた既得権益者の軍団そのものが、もはや時代後れになりつつあったのも、一方の事実だ。

菅野雅雄はこのあたりの事情を次のように述べる。

そのような時代の中で家持は、神代以来の武門の棟梁として壬申の乱における大伴氏の活躍を誇り、名誉とし、その栄光を〈継承すべき大伴氏の伝統〉と思い込み、思い続けてきた。そこにこそ家持の、ひいては大伴氏の悲劇が横たわっていたのである。（前掲書）

確かに、名門氏族の家に育った大伴家持は、「ますらおの家」を意識せざるをえなかっただろう。逆に、彼らが「武の一門」であったからこそ権力者に恐れられ、排除されていったのである。

そして奈良時代、大伴氏の置かれた立場が、苛酷で熾烈《しれつ》なものであったことは、多くの万葉歌から、うかがい知ることができる。

大伴旅人の生涯と衰微の影

ヤマト建国以来の大伴氏の歴史が分かったところで、いよいよ、大伴旅人、家持親子の生涯と万葉歌について、考えてみたい。まずは大伴旅人だ。

大伴旅人は、天智四年（六六五）生まれ、天平三年（七三一）に生涯を閉じる。父は大伴安麻呂《おおとものやすまろ》、母は巨勢郎女《こせのいらつめ》だ。父・安麻呂は、壬申の乱の功臣で、文武朝で頭角を現し、佐保大納言《さほだいなごん》の異名をとった。

大伴旅人は万葉中期の歌人で、『続日本紀《しょくにほんぎ》』に初めて登場するのは、和銅三年（七一〇）一月のことだ。左将軍正五位上《さしょうぐんしょうごいじょう》の大伴旅人らは朱雀門《すざくもん》の外に騎兵を整列させ、隼人と蝦夷らを率いて進んだとある。養老《ようろう》二年（七一八）に中納言《ちゅうなごん》、養老三年（七一九）には正四位下《しょうしいげ》、養老四年（七二〇）三月には、隼人の反乱を制圧するために、征隼人持節大将軍《せいはやとじせつたいしょうぐん》に任命され、九州に赴任し活躍、八月に帰京。この年、藤原不比等が死に、長屋王《ながやおう》が朝堂のトップに立つ。

大伴旅人
※『前賢故実』より（国立国会図書館デジタルコレクション）

養老五年（七二一）一月に長屋王は正三位《しょうさんみ》大納言から従二位《じゅにい》右大臣に位を上げ、朝堂のトップに立った（左大臣《さだいじん》不在）。そして、多治比池守《たじひのいけもり》は大納言、大伴旅人は従《じゅ》三位《さんみ》に昇位。神亀《じんき》元年（七二四）には、正三位へと順調に出世した。

大伴旅人は長屋王を支持していたから、長屋王が出世することは、大伴旅人にとって好都合だった。だが、ここに罠が隠されていた。藤原不比等の四人の子（武智《むち》麻呂《まろ》、房前《ふささき》、宇合《うまかい》、麻呂《まろ》）が要職につき、しかも房前は、養老五年に、臨時職ながら右大臣の上に立つ内臣《うちつおみ》に任ぜられていた。

また、多治比池守は親藤原派だったから、長屋王と大伴旅人は、周囲を政敵に囲まれていたのである。

神亀元年二月、藤原氏の宿願だった、「藤原の子」聖武《しょうむ》天皇が即位した。

また、これに伴い、長屋王は正二位左大臣、大伴旅人、藤原武智麻呂、藤原房前は正三位に叙位《じょい》。そして、神亀四年（七二七）の閏《うるう》九月、光明子《こうみょうし》が基王《もといおう》を産むと、十一月には、基王を皇太子に冊立《さくりつ》した。この立太子は、前例のない速さである。

大伴旅人が大宰帥《だざいのそち》に任命され、九州に赴いたのは、神亀四年のことだ。藤原氏の盤石な体制が整った頃、大伴旅人は大宰府《だざいふ》に赴いていたことが分かる。ただし、明確な期日は分かっていない。任官と赴任の記事が、『続日本紀』に記載されていないからだ。『続日本紀』は、大伴旅人を軽視している気配がある。

神亀五年（七二八）六月、大宰府着任早々、妻・大伴郎女《おおとものいらつめ》を失った時の歌が、『万葉集』巻五―七九三だ。

そして、大伴旅人は、大宰府に集まった小野老《おののおゆ》、山上憶良《やまのうえのおくら》らとともに「筑紫《つくし》歌壇《かだん》」を形成する。

大伴旅人が大宰府に赴任後の神亀六年（七二九）二月、平城京《へいじょうきょう》で長屋王は「左道《さどう》を学んだ罪」で、一族滅亡に追い込まれてしまった。

大伴旅人は天平二年（七三〇）六月、脚《あし》に腫《は》れ物ができ、重篤な容態になるも、後に回復。この年十月、大納言に就任した（ただし、大宰帥も兼任）。奇妙なことに、『続日本紀』には大伴旅人が大宰府から平城京に戻ってきたという記載がない。その代わり、『万葉集』の歌を総合すると、この年末、都（平城京）に向かったことが分かる。天平三年（七三一）正月には従二位に昇格。当時、臣下の中で最高位に登りつめている。しかし、同年七月、六十七歳の生涯を閉じた。

歌人で武人、そして外務大臣の要職。しかし……

大伴氏は、古代を代表する、名門氏族であった。由緒ある一族であったところに、彼らの悲劇が隠されている。

大伴旅人は、藤原に対する反骨の気持ちを抱《いだ》きながら、一方で、「氏」を絶やすことはできないと、揺れ動いたのである。この大伴旅人の心情は、歌から読み取ることができる。

大伴旅人と言えば、酔っぱらいのイメージがある。大宰府赴任中、酒にまつわる歌を、数多く作っているからだ。しかも、かなり「泥酔気味《でいすい》」である。

歌を並べてみよう。巻三―三三八～三五〇の十三首だ。「大宰帥大伴卿《だざいのそちおおともきょう》、酒を讃《ほ》むる歌十三首」と題詞にある。詠まれた時期ははっきりとしないが、天平元年（七二九）三月から四月にかけて歌われたものではないか、と考えられている。

験《しるし》なき　物を思はずは　一坏《ひとつき》の　濁《にご》れる酒を　飲むべくあるらし（三三八）

（大意）何も役に立たない物思いにふけるなら、濁り酒を飲むべきだろう……。

酒の名を　聖《ひじり》と負《おほ》せし　古《いにしへ》の　大《おほ》き聖の　言《こと》の宜《よろ》しさ（三三九）

（大意）酒を「聖」と名づけた昔の（中国の）大聖人の言葉のうまいこと……。

古《いにしへ》の　七の賢《さか》しき　人たちも　欲《ほ》りせしものは　酒にしあるらし（三四〇）

（大意）竹林の七賢人（中国の賢人）たちがほしかったのは、酒らしい……。

賢《さか》しみと　物言ふよりは　酒飲みて　酔《ゑ》ひ泣《な》きするし　優《まさ》りたるらし（三四一）

（大意）賢そうにものを言うよりは、酒を飲んで酔い、泣いたほうが、勝っている。

言はむすべ　せむすべ知らず　極《きは》まりて　貴《たふと》きものは　酒にしあるらし（三四二）

（大意）言いようもないほど、極めて貴いものは、酒らしい……。

なかなかに　人とあらずは　酒壺《さかつぼ》に　成りにてしかも　酒に染《し》みなむ（三四三）

（大意）中途半端に人間でいるよりも、いっそのこと酒壺になってしまいたい。酒に浸りたい……。

あな醜《みにく》　賢しらをすと　酒飲まぬ　人をよく見ば　猿にかも似る（三四四）

（大意）ああ、醜いことだ。賢人ぶって酒飲まぬ人は、よく見れば、猿に似ているよ……。

価《あたひ》なき　宝といふとも　一坏《ひとつき》の　濁れる酒に　あにまさめやも（三四五）

（大意）値のつかぬほどの貴い宝珠も、一杯の濁った酒に、どうして及ぶだろう……。

夜光《よるひか》る　玉といふとも　酒飲みて　心を遣《や》るに　あに及《し》かめやも（三四六）

（大意）夜光る玉であろうとも、酒を飲んで憂さ晴らしするのに、なんで勝るだろう……。

世の中の　遊びの道に　かなへるは　酔《ゑ》ひ泣《な》きするに　あるべかるらし（三四七）

（大意）世の中の遊びの道で、あてはまるのは、酔い泣きするということであるらしい……。

この世にし　楽しくあらば　来《こ》む世には　虫に鳥にも　我《われ》はなりなむ（三四八）

（大意）この世でさえ楽しければ、来世には、虫や鳥にでも、私はなってしまおう……。

生ける者《ひと》　遂《つひ》にも死ぬる　ものにあれば　この世にある間《ま》は　楽しくをあらな（三四九）

（大意）生きている者は、いつか死んでしまう。だから、この世にいる間は、楽しまねば……。

黙居《もだを》りて　賢《さか》しらするは　酒飲みて　酔《ゑ》ひ泣《な》きするに　なほ及《し》かずけり（三五〇）

（大意）口を閉ざして黙《だんま》りを決め込み、賢人ぶるのは、酒を飲んで酔い泣きするに、及ばないことだ……。

何やら、やけくそに聞こえてくる。「いっそのこと、酒壺になってしまいたい」というのは、アルコール中毒のことではないのか？

人間らしさと捉えるか、弱さと捉えるか

大伴旅人の務めた役職・大宰師は、現代風に言えば、外務大臣に相当する。そのお偉いさんが、「酔って泣いているのは悪くない」「今さえ楽しければ、それでよいではないか」「酒を飲んで憂さを晴らして何が悪い」と、開き直っている。

もちろん、中国の故事にちなんで、教養のかけらが散りばめられているとはいえ、この退廃した精神は、いったい何だ。

ところが、これを好意的に受けとめる万葉学者が、意外に多い。たとえば北山茂夫は、『萬葉集とその世紀（中）』（新潮社）の中で、

旅人の、「酒を讃むる歌十三首」のライトモティーフは、（中略）現世的享楽《きょうらく》主義の思想であろう。それは、かれによって、明確な所信として歌われたが、萬葉人、とくに人麻呂らによって深く抱かれていた生活感覚というほかなかろう。これがかれらの生にみなぎっていたればこそ、『萬葉集』の厖大《ぼうだい》な数と量にのぼる歌が生れたのである。

と言い、さらに、

「酒飲みて酔泣する」ことをよしとした旅人の姿勢は、人間の真情にふれるヒューマンのものであると評価し、のみならず、そこに、萬葉的詩人のすがすがしい風格にふれたおもいがするのである。

とまとめる。全面的に、大伴旅人の酒の歌を、文芸として讃美している。

なぜ「現実逃避ではないのか」という疑念がまったく浮かび上がってこないのだ

ろうか。

木俣修は『万葉集――時代と作品』(NHKブックス、日本放送出版協会)の中で、三四九の歌に注目し、仏教にいう「生者必滅《しょうじゃひつめつ》」の原理に基づいていると指摘し、次のように述べる。

妻の死後の歌と考えるならば、その当時の心情として、このように言わなければいられなかったであろう。現世享楽的な、あるいは刹那《せつな》主義的なこのような考え方のなかには切ない旅人の悲しみがこめられているのである。この一連の歌は中国の老荘思想から来たものだというような説もあるが、やはりその根底は、自己の境遇に立った人生的な悲哀を踏まえた実感であると思われる。

つまり、妻の死を嘆き悲しむ大伴旅人の心情が、素直に吐露《とろ》されているとする。

妻の死を嘆き悲しむのは実に人間的だが、泥酔は「外務大臣」のやることではない。

大伴旅人は左遷されたのか

なぜ大伴旅人は、筑紫の地で酩酊《めいてい》していたのか。

大伴旅人の大宰府赴任について、左遷説がある。

大伴旅人は長屋王を後押ししていた。親長屋王派の高級官僚は、大伴旅人ひとりだけであった。一方、藤原氏は長屋王を邪魔にしていたのだから、藤原氏は大伴氏が邪魔になり、長屋王を孤立させるために、有力な支持者である大伴旅人を、九州に追いやったに違いない、という。

これに対し、左遷説は認められない、とする説もある。大伴旅人は正三位だったが、歴代大宰帥の官位は、正三位、従三位が続いていて、錚々《そうそう》たる顔ぶれが、赴任していた。大宰府が外交上の重要な拠点であったからである。

たとえば菅野雅雄は、『大伴氏の伝承』（桜楓社）の中で、次のように述べる。

旅人が、当面の競争相手《ライバル》ではあるにしても房前との間を、個人的にも、あるいは藤

大宰府政庁跡　　（写真提供：太宰府市教育委員会）

氏対伴氏という氏族的にも、どれだけ対立関係で意識していたかは疑問であると言えよう。むしろ旅人は、大伴氏の氏上《うじのかみ》として、大伴氏の保全をも考慮して、忠実な律令官人として命のままに大宰府に下向《げこう》し、大納言に昇る事を心中に深く冀求《ききゅう》して、父安麻呂の歩んだ道をなぞる気持であったことだろう。

このような、「大伴旅人左遷説に冷ややかな学説」のほうが、むしろ有力視されている。それはなぜかと言うと、ひとつの歴史の見方があるからだ。それは、「奈良時代の歴史は、天武天皇の構築した皇親《こうしん》政治を継続しようとした守旧派と、これを打破し、新たな体制を作ろうとした改革派のせめぎ合い」であり、高市皇子《たけちのみこ》や長屋王の親子や大伴氏は守旧派、藤原氏は改革派という図式が組み立てられていて、藤原氏の「恐怖政治」に対する評価が「甘い」のである。

大宰帥は、遙任《ようにん》（実際には赴かないこと）の例が多く、大伴旅人の父・安麻呂や藤原武智麻呂も、大宰帥に任命されていながら、現地に赴いていない可能性が高い。大伴旅人が大宰府で嘆き悲しんでいるのは、大伴旅人に限って、現地に赴任させられたからであり、それはなぜかと言えば、藤原氏が大伴旅人を邪魔にしたからだろう。

有間皇子《ありまのみこ》をそそのかしたとされる蘇我赤兄《そがのあかえ》も、謀反《むほん》事件の後、大宰府にさし向けられるが、人々はこれを、「隠流《しのびながし》か（実質的な流罪ではないか）」と、怪しんだという。

大伴旅人が大宰府の地で、律儀な律令官人として活躍していたのなら、「飲んだくれ官人」などにはなっていなかっただろう。

長屋王の冤罪と旅人の絶望

大伴旅人の鬱屈《うっくつ》は、もっと別の場所に、原因があったはずだ。それは、長屋王一家の滅亡であろう。

長屋王がいかなる手段で追いつめられていったのか、その様子は、拙著『鬼の帝聖武天皇の謎』(PHP文庫)などでも述べてきたので、ここでは繰り返さない。ただし、ひとつだけ言っておきたいことがある。罪もない長屋王を藤原氏は「権力独占の邪魔になった」という理由だけで、葬《ほうむ》り去っていることである。

通説は、事件について、「皇親体制を維持しようと企《たくら》んだ長屋王が悪い」というニュアンスで語るが、皇親政治は、律令制度を導入するまでの方便であった。これに対し藤原氏は、改革事業を断行しているように見せかけておいて、「藤原氏にとって都合のよい法制度」の構築を目指していたのであって、だからこそ長屋王や大伴旅人は反発したのである。

藤原氏は、律令(法)の規定にないにも関わらず、天皇の命令という形にして、無理を押し通した。長屋王が、「律令と天皇の命令と、われわれはどちらに従えばよいのだ」と問いただし、一度は藤原氏の横暴をくい止めている。しかし、だからこそ、藤原氏は長屋王を葬り去る必要があったのだ。

藤原氏は、長屋王を孤立させる作戦に出たのだろう。それが、大伴旅人の大宰帥就任である。長屋王は最高位に位置していたが、周囲が全員、藤原や親藤原派で、しかも藤原氏は天皇とつながっているのだから、大伴旅人がいなくなれば、もはや打つ手はなくなる。長屋王から手足をもぎ取ってしまったのである。

そして、道理に合わない方法で、長屋王の一家を死に追いやった。ただし、藤原系の妻とその子だけは、助けたのだった。あまりにも卑劣な手口である。思い返すだけで、はらわたが煮えくりかえる。長屋王の無念が、伝わってくる気がするのである。

この、孤立した相手をいじめ抜き、卑劣な手口で滅亡に追い込んだ藤原の行動を、「改革派だから」と、大目に見るこれまでの発想は、どうにも理解しがたい。「改革、革命のためなら人を殺してもよい」「正義のための戦いなら、何をしてもよい」という考えに、「真理」はあるのだろうか。第一、藤原氏の目論見《もくろみ》は、改革の名を借りたエゴにほかならない。

『続日本紀』も、長屋王は冤罪《えんざい》だったことを認めている。朝廷に「長屋王が悪だくみをしている」と訴え出た人物が、「あれは嘘だった」と告白していたと明記しているからである。もちろん、仕組んだのは藤原氏である。

『万葉集』とは、奪われた者たちの墓標ではないか

ここまで長屋王の滅亡にこだわるのは、『万葉集』編纂のひとつの目的が、長屋王に代表される「反藤原派」の墓標を造ることだったのではないかと思えてならないからである。

第三章で詳しくは触れるが、『万葉集』巻二の巻頭には、磐姫皇后《いわのひめのおおきさき》の歌が掲げられていた。この人物は、仁徳《にんとく》天皇の皇后で、豪族が輩出した初の正妃だった。一方、長屋王が藤原氏と衝突したのは、藤原不比等の娘で聖武天皇に嫁いでいた光明子の立后《りっこう》問題だった。光明子が皇后になれば、産んだ御子が、皇位にもっとも近づく。だから、藤原氏は「皇后は皇族から」という不文律を無視し、光明子の立后に

こだわったのである。

つまり、磐姫皇后の歌を巻二の巻頭に持ってきたのは、長屋王の滅亡が光明子の立后問題に関わっていたことを暗示し、『万葉集』編纂の目的が、藤原氏の暴挙をやり玉に挙げたかったからではあるまいか。つまり、「藤原氏の陰謀によって、罪なき者たちが苦しんだ」事実を、後の世に伝えようとしたのだろう。

そこで、大伴旅人の「酒」の歌に話を戻そう。これが長屋王の死に関わりを持つのではないかとする説がある。

土橋寛は『万葉開眼（下）』（ＮＨＫブックス、日本放送出版協会）の中で、次のように述べる。

「賢しらをすと酒飲まぬ」人は、旅人を「酔泣き」したい気持に追いやった人物でなければならない。それは憶良では、もちろんありえない。おそらく中央の政界で儒教や仏教を利用しながら権力を拡大してゆく藤原政権、あるいはこれに迎合する儒者や仏教者が思い浮かべられているのであろう。（中略）おそらく長屋王事件に触発された作であろうと思う。

旅人の讃酒歌は、単なる酒飲みの歌でも、また思想的な歌でもなく、長屋王事件前後の政治状況のなかで、その絶望的な敗北感からほとばしり出た歌だ。

そのとおりであろう。さらに、五味智英は『萬葉集大成　第一〇巻　作家研究篇下』（平凡社）の中で、「淡泊な旅人」にとって、藤原氏の膨張力は「暗い重さ」となって、のしかかっていたであろうこと、特に藤原四兄弟の中でも、長屋王の変を主導した武智麻呂は不快な存在だったと推理したうえで、次のように述べる。

讃酒歌に繰返し貶されて居る「賢しら」に特定の対象を求めるならば、それは武智麻呂の人間像であるかも知れないのである。

まさに、正鵠《せいこく》を射《い》ている。大伴旅人にとって長屋王は、藤原氏に対抗するための、唯一の「よすが」であった。その長屋王が平城京で藤原氏の陰謀によって追いつめられていた時、大伴旅人は大宰府で指をくわえてみているほかはなかったのである（長屋王が滅亡したことは、後に知るのだが）。

ただし、大伴旅人が憎んだのが藤原武智麻呂であったかどうかは、決めかねる。藤原房前もまた、許せない男だったに違いない。大伴旅人が「猿に似ている」と言ったのは、武智麻呂か房前であろう。いずれにせよ、「藤原」である。

そして、長屋王を失った時点で、大伴旅人は完璧に孤立したのである。酔い泣きせずにはいられなかっただろう。

そして、「賢いふりをしているヤツ（藤原）は嫌いだ」と、犬の遠吠えをしなければ、やっていられなかったわけである。

命乞いしていた大伴旅人

大伴氏は、藤原氏が一党独裁体制を構築する過程で、最後に残った名門豪族であり、藤原氏と最後まで熾烈な闘争を続けた。この点、「飲んだくれ」の大伴旅人に、同情せざるをえない。

ただし大伴旅人は、最後の最後に、「命乞い」をしたようなのだ。

『万葉集』巻五―八一〇と八一一の歌に、大伴旅人の敗北宣言が載せられている。

題詞には、「大伴淡等《たびと》謹みて状《まを》す　梧桐《ごとう》の日本琴《やまとごと》一面　対馬《つしま》の結石山《ゆひしやま》の孫枝《ひこえ》なり（長崎県対馬市の結石山の小枝です）」とあり、藤原房前に歌を贈ったのである。題詞のあとに、次のような話が添えられているので訳してみよう。

——この琴が夢の中で娘になって、次のように述べました。「私は遠い島、対馬の高山（結石山）に根を下ろし、空の美しい光を幹に浴びてまいりました。霧や霞《かすみ》に囲まれ、山や川を逍遙《しょうよう》しました。遠く風や波を望み、伐《き》られるか伐られないのか、定かではありませんでした。ただ心配だったのは、百年ののち、虚しく谷底に朽ち果ててしまうことでした。すると偶然、腕のよい匠《たくみ》に遭い、伐られて小さな琴にしてもらえました。音は荒く小さいですが、君子のあなたのおそばに置いてもらえることを願っています。

この中で、「伐られるか伐られないのか、定かではない」という話（「雁《がん》と木との間に出入りす」）は『荘子《そうし》』に出てくる話で、枝の生い茂った樹木は、役に立たないので、伐られるか伐られないか、中途半端な存在だ、というものだ。

すると大伴旅人は、自身を琴になった木になぞらえたのであろう。そして、この物語の最後に、琴が次の歌を詠ったという。

いかにあらむ　日の時にかも　声《こゑ》知らむ　人の膝《ひざ》の上《へ》　我《わ》が枕《まくら》かむ（八一〇）

（大意）いつになったら音楽を理解する人の膝を枕にすることができるでしょう。

この歌に答えて、「僕《やつがれ》、詩詠《しえい》に報《こた》へて曰《いは》く」といい、次の歌が続く。

言問《ことと》はぬ　木にはありとも　愛《うるは》しき　君が手馴《たな》れの　琴《こと》にしあるべし（八一一）

（大意）物言わぬ樹ではあるが、きっと立派な人の手馴れの琴になるでしょう。

歌のあとに「琴娘子《ことをとめ》答へて曰《いは》く」とあり、以下の話が続く。

――「敬《つつし》み、徳音《とくおん》（よい言葉。親切な言葉）をうけたまわりました。ありがたいことです」と言う。ややあって目が覚め、夢に現れた琴の娘子の言葉に感動し、黙っていられなくなりました。そこで、公の使いにことづけて、こうして進上するわけです。謹んで申し上げます。

この歌は、こうして天平元年（七二九）十月七日、「中衛高明閣下《ちゅうえいこうめいかっか》（藤原房前）」に宛てて、送られたのである。長屋王の変から八ヵ月後のことだった。

この大伴旅人の書状に、藤原房前は返事を書いている。

――跪《ひざまず》き、芳音《ほうおん》（大伴旅人の便り）をありがたく頂戴《ちょうだい》しました。幸いと喜びが深く、感激いたしました。立派な琴を贈ってくださった御恩が、この卑しい者（房前自身。へりくだっている）の上に厚いことを知りました。お会いしたい気持ちは、百倍にふくれ上がっております。白雲の立つ筑紫の方角から届いた歌に唱和し、つまらない歌をお目にかけます。房前が謹んで申し上げます。

そしてここで、歌が登場する。巻五―八一二の歌が、それである。

言問《こと》はぬ　木にもありとも　我が背子《せこ》が　手馴《たな》れの御琴《みこと》　地《つち》に置かめやも
（大意）しゃべることのない木であっても、わが背子の手馴れの琴ですから、土の上に置いたりはいたしません。

この歌のやりとりの後、大伴旅人は、念願の帰京をかなえるのである。

梅花の宴に浮かび上がる深い影

要は、大伴旅人の敗北宣言であり、藤原房前に媚《こ》び、房前は旅人に、「分かったのなら、都に戻ってくるがよい」と答えたのが、一連のやりとりである（房前は丁寧な言葉を使いへりくだっているが、要するに「慇懃無礼《いんぎんぶれい》」なのである）。

大伴旅人は、手段を選ばない藤原氏の手口に辟易《へきえき》し、追いつめられ、結局藤原房前に媚び、恭順《きょうじゅん》せざるをえなかったのだろう。その過程が、一連の歌から読み取れるのである。

もっとも、だからといって、大伴旅人を責める気はさらさらない。政治家として、政敵に頭を下げ、「いつか復活してみせる」と、腹の中で企んでいた可能性も捨てきれないからだ。

さらに、「逆らう者は、根こそぎ刈り取る藤原氏」「他の豪族と共存することを拒む藤原氏」「自家の繁栄のためなら、徹底的に政敵を叩きつぶす藤原氏」を前に孤立した大伴旅人を、「なぜ戦わなかったのだ」と叱責《しっせき》することは、あまりにもかわいそうなことではないか。

大伴旅人は大いに苦しみ、長屋王の死を嘆き、だからこそ、何もできない自分に腹を立て、酒に溺《おぼ》れたのである。

また、改めて「令和」の二文字を引用した「梅花の歌」にまつわる序文を思い出せば、大伴旅人らの苦悩が、蘇《よみがえ》ってくる。

先ほど序文の大意を紹介したが（二二ページ）、省略した部分に、次の一節がある。

天を屋根にして地を席《むしろ》にして（悠然とした気分で）、膝《ひざ》を寄せて盃を回す。部屋の中は言葉も忘れてしまうほど楽しく和やかで、外に向かって心を解き放つ。各自が気ままに過ごし、愉快になって満ち足りている……。

「楽しい。気ままで愉快だ」と、明るく振る舞っているところに、かえって、深い悲しみを感じるのである。

その点、一連の「梅花の宴」をめぐる序文と三十二首の歌は、『万葉集』のテーマそのものにも思えてくる。

けっして「令和」の元号にケチをつけるつもりはない。これをきっかけに、『万葉集』の「本当に伝えたかったこと」を、多くの方に知っていただきたいと願うのである。

第二章　『万葉集』に綴じられた古代の肉声

『万葉集』はいつ編まれたのか

ここで話を進める前に、そもそも『万葉集《まんようしゅう》』とはどのような歌集だったのか、『万葉集』の背後には、どのような歴史が隠されていたのか、整理しておこう。

『万葉集』は最古の歌集である。

和歌とは、大和《やまと》＝日本の歌という意味だが、もともと和歌の和は「和国」ではなく、「和《こた》える」を指し、歌謡《かよう》が起源であった。

歌の起源を探っていけば、民衆の音楽性のある歌謡に行き着く。共同作業で歌われ、全員が歌い、働く。共同体の一体感と、作業の効率化が目的である。これが「民謡《みんよう》」で、また、職業的な専門家も現れ、「芸謡《げいよう》」が誕生する。芸謡では、歌い手と聞き手が分化していく。

これらの歌謡は、『日本書紀《にほんしょき》』や『古事記《こじき》』に、多く残されている。

たとえば、『古事記』神話の中で、スサノオが八岐大蛇《やまたのおろち》を退治し、クシナダヒメと宮を造った時の次の歌がある。

八雲《やくも》立つ　出雲八重垣《いづもやへがき》　妻籠《つまご》みに　八重垣作る　その八重垣を

これは、スサノオ自身が歌った歌ではなく、新婚の新居を褒《ほ》め称《たた》えるものとされている。

このような、人々に親しまれ歌われる歌謡は、次第に「詠《よ》む歌」となり、多くの歌が詠《うた》われ、一句の音数が五音、七音に定まっていった。

そして、『万葉集』が画期的と思えてくるのは、『古今和歌集《こきんわかしゅう》』など、のちの歌集のような、貴族や大豪族たちだけのものではなかったことにある。天皇、貴族から始まり、大・中・小豪族、官吏《かんり》、さらには、農民や漁撈民《ぎょろうみん》、防人《さきもり》、遊女《うかれめ》といった、あらゆる階層の人々の歌が集められているのである。

では、『万葉集』はいつごろ編纂《へんさん》されたのだろうか。

『万葉集』成立について述べたもっとも古い資料は、『古今和歌集』巻十八雑歌《ぞうか》下に残された九九七の歌で、そこには、貞観《じょうがん》年間（八五九～八七七）に清和《せいわ》天皇が「『万葉集』はいつごろできたのか」と尋ねたといい、文屋有季《ふんやのありすえ》が歌で答えたといい、その歌には、「楢《なら》の葉の名に負ふ宮」の時代だったとある。すなわち、「楢＝奈良」で、奈良時代、あるいは平城《へいぜい》天皇（桓武《かんむ》天皇の子）の時代のどちらか、ということになる。

その次に登場するのは、『新撰万葉集《しんせんまんようしゅう》』だ。二巻に分かれ、上巻は菅原道真《すがわらのみちざね》の撰《せん》で、寛平《かんぴょう》五年（八九三）に成立している。その上巻序文には、次のような『万葉集』成立の経緯が記されている。すなわち、『万葉集』の親本となる勅撰《ちょくせん》歌集があって、これに数々の歌が加えられ、『万葉集』は成立したという。

その次の史料は、延喜《えんぎ》五年（九〇五）に撰集された『古今和歌集』の中の「仮名《かな》序《じょ》」だ。「仮名序」には、いにしえより伝えられた歌が「ならの御時《おんとき》」に広まり、歌が集められ、『万葉集』になったとあり、成立後百年あまりの時間が過ぎたとある。

さらに、「真名序《まなじょ》」には、「平城天子《へいぜいのてんし》」の時代、詔によって『万葉集』が撰進されたとあり、それから百年の年月が流れた、とある。「平城天子」が、平城京の主である聖武《しょうむ》天皇や桓武天皇らを指しているのか、あるいは、平安時代の平城天皇を指しているのか、定かではない。

十一世紀に記された『栄花物語《えいがものがたり》』の巻一「月《つき》の宴《えん》」には、次のような記事が残される。すなわち、その昔、高野《たかの》の女帝（孝謙《こうけん》天皇）は、天平勝宝《てんぴょうしょうほう》五年（七五三）に、左大臣《さだいじん》橘《たちばな》諸兄《のもろえ》ら諸卿を集め、『万葉集』を撰《えら》ばせたというのである。

ちなみに中西進は、『栄花物語』の『万葉集』を撰ばせたという記事の日付が、『万葉集』巻十九の最後の日付と合致することから、巻十九に関しては、『栄花物語』の記事を信用すべきではないかと指摘している。

応徳《おうとく》三年（一〇八六）に成立した『後拾遺和歌集《ごしゅういわかしゅう》』には、「ならの帝《みかど》」が『万葉集』二十巻を撰んだ、とある。

これらの記事から、『万葉集』は「奈良時代」あるいは「ならの帝の時代」、「平城天皇の時代」に成立した可能性が出てくる。ただし、平城天皇は平安時代の人物であるため、『万葉集』成立が「奈良時代」なのか、「平安時代」なのか、曖昧《あいまい》な記述で、どちらをとればよいのか、はっきりとしない。このため、現在に至るまで、『万葉集』が、いつ、誰の手で撰ばれたのか、議論が絶えないのである。

何回かに分けられて編纂された『万葉集』

『万葉集』は、いくつかの段階を経て、成立していったことは間違いない。たとえば、巻一と巻二は、順番に「雑歌《ぞうか》（巻一）」「相聞《そうもん》（巻二）」「挽歌《ばんか》（巻二）」と、歌の種類によって分類されているが、巻三以降、この形式が繰り返されている。もし『万葉集』が一度に編纂されたのならば、それぞれの種類の歌が、一括して集められていなければおかしい。このことから、『万葉集』が何回かに分けて、重ねるように編纂されたことが確かめられる。

そこで一般的に、『万葉集』はおおよそ三回に分けて編纂されたのではないかと考えられるようになった。

第一巻から第十六巻が天平《てんぴょう》十八年（七四六）から天平勝宝五年（七五三）の間に、第十七巻以降は天平宝字《てんぴょうほうじ》三年（七五九）六月から同八年正月までに編纂され、最後に宝亀《ほうき》八年（七七七）一月から同九年一月にかけて、二十巻の内容に手をくわえて、完成したのではないか、というのである。

また、その過程で、『古事記』の編者である太安万侶《おおのやすまろ》が加わっていたのではないか、あるいは、歌の数が多い大伴家持《おおとものやかもち》も、編纂に手を出しているのではないかと指摘されている。さらに、「ならの御時」は平城天皇を指しているという推理に従い、『万葉集』の原型は、平安時代初期、平城天皇の御代にはでき上がっていて、その後、追補が行なわれたのではないかとする考えもある。

大伴家持に注目した折口信夫《おりくちしのぶ》の次のような考え方がある。

大伴家持は桓武天皇の時代、延暦《えんりゃく》四年（七八五）八月に亡くなる。長岡京《ながおかきょう》に都が造営されていた時代で、家持の死の翌月、新都造営の責任者だった藤原種継《ふじわらのたねつぐ》が暗殺され、その首謀者に皇太子の早良親王《さわらしんのう》の名が挙がった。さらに、早良親王の東《とう》宮大夫《ぐうのだいぶ》を務めていた大伴家持も陰謀に荷担していたと名指しされた。

折口信夫は、この段階で「神代《かみよ》以来の旧家」の什器《じゅうき》やら蔵書の類が没収され、大伴家持のもとに残された多くの歌も、官庫に収まったのだろうという。そしてこれが、『万葉集』編纂のきっかけになったのではないかと考えたのである。

すなわち、ここで朝廷に伝承されてきた歌や古歌集と結びついたのではないかという。ただし、桓武天皇の時代には、罪人の大伴家持の歌が公然と人目に触れることはなく、世に出るのが、平城天皇の時代であったことの意味も、ここにあるというのである。

平城天皇は「詩人風の情熱」を持ち、「万葉人《まんようじん》の生活を夢み、而も歌に対して、或好尚と才能とを持つて居られた」とすれば、万葉集が手に入ったことによって、当然平城天皇は編纂を目論《もくろ》んだろう、というのだ（『折口信夫全集 第一巻』中央公論社）。

折口信夫の考え方が正しいかどうかは、分からない。ただ、編纂時期を「その時代その時代の政治状況」に注目しているところに、大きな意味がある。

編纂が「楢《なら》の葉の名に負ふ宮」であるとすれば、「楢＝奈良《なら》＝平城《なら》」が「奈良時代」なのか、「平城天皇」の時代だったのかに関心が集まるが、それよりも大切なことは、『万葉集』の政治性なのではないかと筆者は考えている。

『万葉集』成立の時代背景

そこで次に、『万葉集』の歌の時代区分と、おおまかな歴史の流れを辿《たど》ってみよう。

『万葉集』最古の歌は、第十六代仁徳《にんとく》天皇の時代の磐姫皇后《いわのひめのおおきさき》（葛城襲津彦《かつらぎのそつひこ》の娘）が「天皇を偲《しの》んだ歌（巻二―八五〜八九）」だ。そして、最も新しいのは大伴家持の巻末の歌で、天平宝字三年（七五九）に作られたから、この間約四百五十年ほどの開きがあり、この期間が「万葉の時代」ということになるが、仁徳天皇から推古《すいこ》天皇までの歌は極端に少ないため、一般的に「万葉時代」と言えば、舒明《じょめい》天皇から天平五年（七三三）に至る百二十〜百三十年の期間を指している。

『万葉集』は三つの時代に分けられる。第一期は、舒明天皇の即位（六二九年）〜壬申《じんしん》の乱《らん》（六七二年）と天武《てんむ》天皇の即位まで。これが初期万葉と呼ばれている。第二期は、和銅《わどう》三年（七一〇）の平城京遷都《せんと》まで。第三期は、天平宝字三年（七五九）までである。また、この第三期を二つに分けて全体を四つに区切る説、さらに推古天皇以前を萌芽《ほうが》期と位置づけ、五つに区切る説もある。

『万葉集』を時代ごとに区切る意味は、文学的な「作風」という視点からだけではなく、時代背景が大きな意味を持ってくるからだ。だいたい、『万葉集』の時代は、日本の国家の基礎固めを成し遂げる時代であり、歴史は大きくうねり続けたのである。

たとえば、第一期は蘇我《そが》氏全盛期から始まり、乙巳《いっし》の変《へん》（六四五年）による蘇我本宗家滅亡、翌年に行なわれる大化改新《たいかのかいしん》による改革事業の展開、白村江《はくそんこう》の戦い（六六三年）と壬申の乱（六七二年）という政局の流転、第二期には、律令《りつりょう》編纂が始まり（六八一年）、戸籍の作成の開始（六九〇年）、新益京《あらましのみやこ》（藤原宮）遷都（六九四年）、大宝律令《たいほうりつりょう》の完成（七〇一年）、平城京遷都（七一〇年）、第三期は『日本書紀』編纂（七二〇年）、同年藤原不比等《ふじわらのふひと》の死、隼人《はやと》と蝦夷《えみし》の反乱。長屋王《ながやおう》事件（七二九年）、藤原四兄弟の滅亡（七三七年）、藤原広嗣《ふじわらのひろつぐ》の乱と聖武天皇の関東行幸《ぎょうこう》（七四〇年）、大仏開眼供養《だいぶつかいげんくよう》（七五二年）、藤原氏による血の粛清《しゅくせい》・橘奈良麻呂《たちばなのならまろ》の変（七五七年）、恵美押勝《えみのおしかつ》（藤原仲麻呂《ふじわらのなかまろ》）の台頭（七五八年）といった具合だ。

事件、陰謀、謀反《むほん》、誣告《ぶこく》と、中央集権国家が完成するまでの間、多くの人々の血と汗が流された。そして、律令整備後の主導権争いや暗黒政治が横行した時代と言っていい。この、激動と渾沌《こんとん》の時代こそ、『万葉集』の背景なのである。

『万葉集』の時代区分と背景

	期間	代表的な人物	主要な事件
第一期	舒明天皇即位（629年）から天武天皇即位(673年)まで。	額田王 有間皇子 舒明天皇 斉明天皇 天智天皇 天武天皇	642年　皇極天皇即位 645年　乙巳の変（蘇我本宗家滅亡） 　　　　孝徳天皇即位 655年　斉明天皇重祚 663年　白村江の戦い 668年　天智天皇即位 672年　壬申の乱 673年　天武天皇即位
第二期	天武天皇即位後から、平城遷都（710年）まで。	柿本人麻呂 天武天皇 持統天皇 大津皇子 大伯皇女 志貴皇子 穂積皇子 石川郎女 高市黒人	681年　律令編纂開始 686年　大津皇子謀反事件 689年　飛鳥浄御原令完成 690年　持統天皇即位 694年　新益京遷都 697年　文武天皇即位 701年　大宝律令完成 707年　元明天皇即位 710年　平城京遷都
第三期	平城遷都から天平宝字3年（759）まで。	山部赤人 笠金村 山上憶良 大伴旅人 小野老 高橋虫麻呂 大伴坂上郎女 大伴家持 大伴池主	715年　元正天皇即位 720年　『日本書記』編纂 724年　聖武天皇即位 729年　長屋王事件 　　　　光明子立后 737年　藤原四兄弟滅亡 740年　藤原広嗣の乱 749年　孝謙天皇即位 752年　東大寺大仏開眼供養 757年　橘奈良麻呂の変 758年　淳仁天皇即位

巻頭を飾る雄略天皇の歌

そこで、「萌芽期」から順番に、万葉歌と歴史のつながりを概観していこう。

さて、『万葉集』と言うと、七世紀から八世紀の飛鳥《あすか》や平城京を舞台にした歌だけと思われがちだが、意外にも、五世紀の歌が残されている。

『万葉集』第一巻巻頭の歌は、第二十一代雄略《ゆうりやく》天皇のもので、五世紀後半に実在した人物として知られる。歌の内容は、次のようなものだ。

籠《こ》もよ　み籠《こ》持ち　掘串《ふくし》もよ　み掘串《ぶくし》持ち　この岳《をか》に　菜摘《なつ》ます児《こ》　家聞かな　告《の》らさね　そらみつ　大和《やまと》の国は　おしなべて　われこそ居《を》れ　しきなべて　われこそ座《ま》せ　われにこそは　告《の》らめ　家をも名をも

（大意）良い籠《かご》を持ち、良い掘串《ふくし》（土を掘る道具）を持ち、この丘で菜を摘む娘よ。家はどこなのかを尋ねたい。さあ、おっしゃい。このヤマトの国は、おしなべて私が治めているのだ。私こそは、家も名もお教えしましょう（私には、教えてくれるでしょうね、家の場所も名も、とする説もある）。

……というものだ。名を問うのは、求婚の意思表示である。

歌は、その響きから、明るいイメージで捉《とら》えられている。はつらつとした大王の、あけすけな愛情表現ということになる。

だがその一方で、権威と権力を笠に着て、娘に結婚を迫る悪《あ》しき天皇というイメージを思い浮かべることも可能である。

雄略天皇はクーデターによって親族や有力豪族を滅ぼし、玉座を手に入れた天皇だが、『日本書紀』には、誤《あやま》って人を殺すことがしばしばで、従う者は渡来系の数名の役人だけだったと記されている。そのうえで、人々は「大《はなは》だ悪《あ》しくまします天皇《すめらみこと》なり」と罵《ののし》ったと記録しているのである。

天皇家の歴史を礼賛する目的で書かれた『日本書紀』の中で、「大悪天皇」が登場することは、実に面妖《めんよう》な話だが、これには確かな理由があったはずだ。

このあたりの事情は他の拙著の中でも述べているので、深入りは避けるが、簡潔に述べておくと、八世紀の『日本書紀』編纂時の政権と雄略天皇は、系統的に政敵の間柄にあったと考えられる。同じ天皇家の血筋でも、みな仲が良かったわけではない。皇位継承をめぐって反目もしただろう。担《かつ》ぎ上げるそれぞれの豪族たちが、対立していたことも充分考えられる。七世紀の天智《てんぢ》天皇と天武《てんむ》天皇の兄弟の分裂と対峙《たいじ》がいい例だ。二つの王家は、骨肉の争いを演じている。

のちに詳しく触れるが、天智系と天武系二つの王家の葛藤《かっとう》こそ、『万葉集』のメインテーマと言っても過言ではなく、『日本書紀』も『万葉集』も、雄略天皇の時代に遡《さかのぼ》って、「対立する王家」の歴史を描いていたのではないかと、筆者は疑っている。

またその一方で、『万葉集』が巻頭歌に雄略天皇の歌を持ってきたことについて、何かしらの意味があったとする考えがある。すなわち、雄略天皇が歴史の画期（新時代）を作り出したからではないか、とする説はほぼ定着している。

なぜこのような推理が成り立つのかというと、中央集権国家作りが、この時代に始まっていたことが分かっているからであり、『万葉集』のみならず、その他の文書の中で、雄略天皇が特別視されていることも、同様の理由からだろうとされている。七世紀、八世紀に中央集権国家は完成するが、その端緒《たんしょ》は、雄略天皇の登場に求められるのである。

それはともかく、先の歌に話を戻そう。一般的に、この巻頭歌は雄略天皇の作った歌ではないとされている。それはなぜかと言えば、この歌が人々の間で広まった伝誦歌《でんしょうか》だったから、というのだ。歌は、のちに一句が「五」「七」のリズムに整えられていくが、この歌は不揃いで、古い歌謡のリズムとなっている。したがって、伝誦歌を雄略天皇に仮託してここに収めたということになる。

ただし興味深いのは、『古事記』に、次のような話が載っていることだ。

雄略天皇が美和河《みわがわ》（初瀬川《はせがわ》下流、三輪山《みわ》麓のあたり）に遊んだ時のこと、川で衣を洗う美しい童女《どうじょ》に出会った。雄略天皇はその童女に、「お前は誰の子か」と尋《たず》ねると、引田部赤猪子《ひけたべのあかいこ》と名乗ったという。そこで、「お前は嫁《とつ》がなくてもよい。間もなく召《め》そう」と言い、宮に帰った。

赤猪子は天皇のお召しを待ち、すでに八十年を経た。やせ細り、しわくちゃになってしまい、頼りにするところもなく、待ち続けたこの心を知ってもらわねば耐えられないと思い、贈り物を従者に持たせ参内《さんだい》して献上した。しかし、雄略天皇はその老婆に見覚えがない。老婆がいきさつを語り、天皇の命令を受けて操《みさお》を守り続けてきたことを告げたのだった。雄略天皇は驚き、結ばれてもよいと思ったが、あまりにも老齢で、交わることもかなわず、歌を賜《たま》い、また土産《みやげ》を持たせて帰したのだという。

何とも残酷な話だが（一歩間違えると笑い話になってしまうが）、件《くだん》の万葉歌と話がつながっているのは、偶然なのであろうか。

もうひとつ興味深いのは、浦島太郎説話との関係である。他の拙著の中でも述べてきたように、浦島太郎伝説は単なるお伽話《とぎばなし》ではない。『日本書紀』『風土記《ふどき》』『万葉集』が、こぞって特別扱いした謎の説話なのである。

『日本書紀』は雄略天皇の時代に浦島太郎説話に触れているが、『古事記』には浦島太郎にまつわる話が欠如していて、その代わり、「年老いてしまった童女の悲劇」が語られている。

浦島太郎説話とは、男女が入れ替わっているが、夢のような幸せから「年老いてしまった悲劇」と話が展開するという共通点がある。ここは無視できない。『万葉集』編者が巻頭に雄略天皇の歌を撰び、しかもその歌が、浦島太郎伝説と接点を持っていたとしたら、ここに、何かしらの秘密が隠されていてもおかしくはない。なぜなら、他の拙著の中でも述べてきたが、浦島太郎伝説はヤマト建国の歴史と深くつながっていた可能性が高いからである。

ただし、ここでは、浦島太郎にこだわらず、話を先に進めよう。

萌芽期の万葉歌は象徴的・伝説的

仁徳天皇から推古天皇の時代に至る『万葉集』の萌芽期の万葉歌が、それほど注目されないのは、伝説的で、本人の作品であるかどうか、実に心許《こころもと》ないからであろう。

たとえば、巻三―四一五は、聖徳太子の歌なのだが、本人の歌とは考えられていない。その理由を考えてみよう。まずは歌の内容だ。

家《いへ》ならば　妹《いも》が手まかむ　草枕《くさまくら》　旅に臥《こ》やせる　この旅人《たびと》あはれ

家にいれば妹（妻）の手を枕にしていたであろうに、草を枕にして旅先で行き倒れてしまったこの旅人は気の毒だ、という意味である。

実は、これと同じ内容の記事が、『日本書紀』に載っている。そして、説話が、あまりにも現実味がないところに問題がある。それが推古《すいこ》二十一年（六一三）十二月一日の記事で、次のようにある。

皇太子（聖徳太子）が片岡《かたおか》（奈良県香芝《かしば》市今泉）に遊行《ゆぎょう》した時の話だ。飢えて動けなくなった男が道に横たわっていた。名を尋ねても答えない。そこで、皇太子は食べ物を与え、着ていた服を男に掛け、「安心して寝ているがいい」といたわった。そして、次の歌を詠っている。

しなてる　片岡山《かたをかやま》に　飯《いひ》に飢《ゑ》て　臥《こや》せる　その旅人《たびと》あはれ　親無《おやな》しに　汝生《なれな》りけめ
や　さす竹《たけ》の　君《きみ》はや無《な》き　飯《いひ》に飢《ゑ》て　臥《こや》せる　その旅人《たひと》あはれ

ところが、翌日様子をみに行かせると、旅人は亡くなっていた。聖徳太子は大いに悲しみ、墓を造って埋葬したのだった。

「あの旅人は真人《まひと》（道教《どうきょう》の奥義《おうぎ》を悟った人）に違いない」、

と聖徳太子は言い、人を遣《つか》わすと、その使いは驚いて帰ってきて、

「墓の中に屍《しかばね》はありませんでした。服をきちんとたたんで、棺《ひつぎ》の上に置いてありました」

と報告した。聖徳太子はその服を取り寄せ、何喰わぬ顔をして、着ていたという。時の人は大いに怪しみ、

「聖《ひじり》が聖を知るというのは、本当のことなのだなあ」

と、感心し、かしこまったという。

これが、聖徳太子と「行き倒れになった男」にまつわる説話である。聖徳太子を礼賛するために創作されたお伽話と考えざるをえない。『万葉集』の歌が、この話を指していることは間違いないが、だからこそ、聖徳太子の作ったものであったかどうか、大いに疑われているわけである。

このように、推古天皇以前の万葉歌は、のちの時代の人々が、それぞれの時代の英雄たちに仮託して、歌を当てはめた可能性が高いのである。

激動の時代を生きる不安

　次に、第一期に移ろう。

　舒明天皇から斉明《さいめい》天皇に至る約四十年間の伝承歌が集められていて、創作歌の時代が始まるのは、斉明七年（六六一）のこととされている。これは、白村江の戦いの直前のことだ。すなわち、朝鮮半島遠征のために、斉明天皇が筑紫の朝倉橘《あさくらのたちばなの》広庭宮《ひろにわのみや》（福岡県朝倉市）に向かう途次《とじ》、随行していた額田王《ぬかたのおおきみ》は、伊予《いよ》の熟田津《にぎたつ》で次の歌を詠んだ。これが画期（きっかけ）となった。

熟田津《にきたつ》に　船乗《ふねの》りせむと　月待てば　潮《しほ》もかなひぬ　今《いま》は漕《こ》ぎ出《い》でな（巻一―八）

　ここに、歌らしい歌、創作された歌が登場したという。ただし、この歌に秘められた思いは、瀬戸内海の穏やかなイメージとはかけ離れている。

　乙巳の変（六四五年）の蘇我本宗家滅亡とその直後の行政改革によって、日本は新たな体制作りに邁進していったと『日本書紀』はいい、その一方で、蘇我入鹿《そがのいるか》殺しを画策した中大兄皇子《なかのおおえのみこ》は、次第に実権を握り、母・斉明を擁して、百済《くだら》救援のために、無謀な遠征を目論んだ。しかし、誰もが反対するこの遠征に、斉明天皇のみならず、多くの女御《にょご》たちが従わざるをえず、彼女たちは、一種の人質で、親しい家族から引き離され、悲壮感あふれる旅になった。この歌が鬱々《うつうつ》と響くのは（個人的な感想に過ぎないが）、むしろ当然のことだった。額田王ら女性たちは、決して自ら進んで従軍したのではない。それでなくとも、「負けが分かっている戦《いくさ》」なのだから、高揚感がないのは当然のことである。

激動の時代の不安が、この歌には隠されているように思う。

『日本書紀』によれば、朝倉橘広庭宮で、この年の七月に斉明天皇は崩御《ほうぎょ》するが、その直前、鬼火《おにび》（人魂《ひとだま》）が現れ、多くの人たちが亡くなったといい、斉明天皇もやがて亡くなる。笠をかぶった鬼が葬儀の様子を覗いていたと『日本書紀』は大真面目に記録しているから、何やら不気味な事件である。

それにしても、なぜ女帝は都にとどまらず、九州まで赴く必要があったろう。それは、最前線で指揮を執《と》るためとされている。だが、朝倉橘広庭宮は、沿岸部

白村江の戦い関連略地図

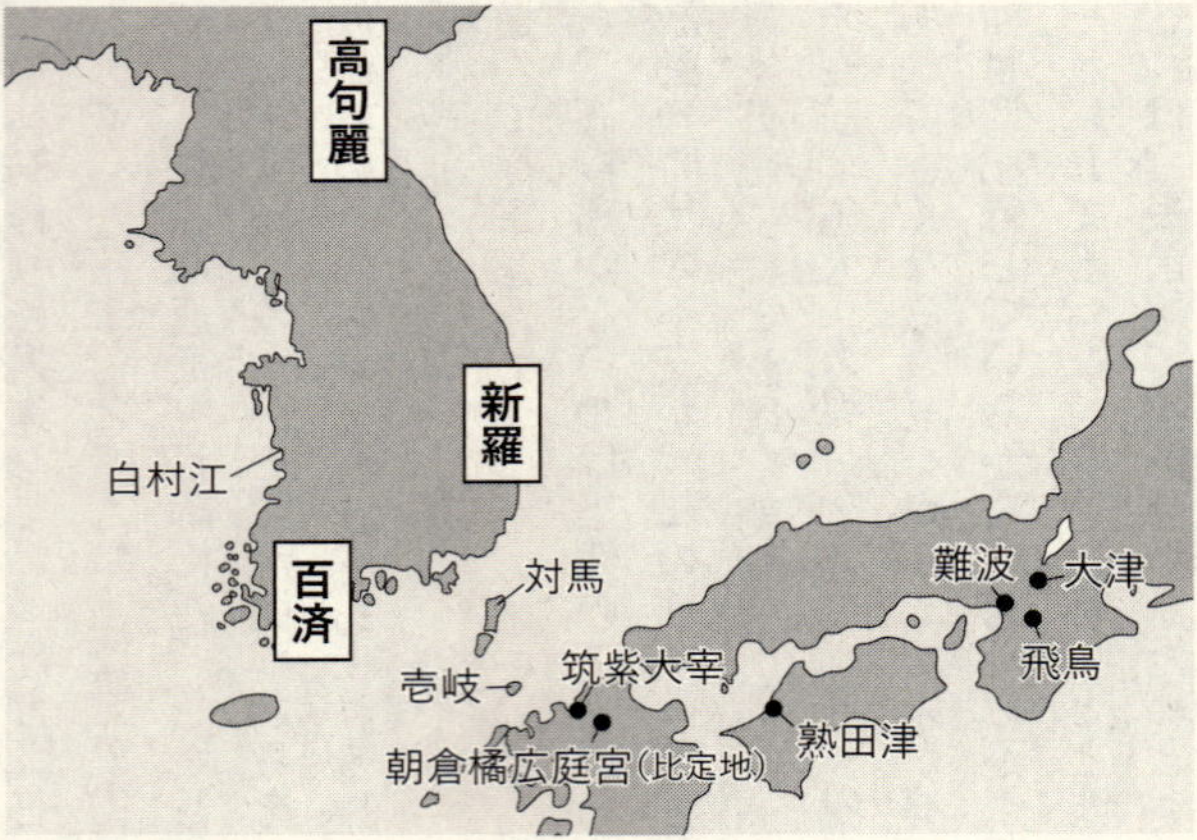

からかなり離れた内陸部に位置する。これでは、迅速な判断を女帝に仰《あお》ぐことは不可能だ。だいたい、想定戦闘域は、朝鮮半島西南部の百済であり、北部九州沿岸部からでも、壱岐、対馬を経由した海の彼方であった。ならば一層のこと、女帝がヤマトを離れた意味が、理解できないのである。

詳述は避けるが、斉明天皇を飛鳥に残して遠征すれば、中大兄皇子の政策に反発する者たちに「王を奪われる危険」があったのだ(拙著『ヤマト王権と古代史十大事件』PHP文庫)。少なくとも、『万葉集』の記念すべき、「万葉集らしい歌」が誕生したきっかけが、暗い世相の中でのことだったことは、注意を要する。事実、この遠征の前後に作られる歌それぞれに、緊迫した情勢が反映されているのである。

たとえば、白村江の戦いから少し時代を遡るが、有間皇子《ありまのみこ》の謀反事件があった。中大兄皇子がようやく握った権力を盤石《ばんじゃく》なものにするために、邪魔者を陰謀にはめて葬《ほうむ》り去った事件であった。

有間皇子の謀反事件

ここで、有間皇子の悲劇について、考えておきたい。

有間皇子は孝徳《こうとく》天皇と小足媛《おたらしひめ》の間の子で、小足媛は孝徳朝の左大臣・阿倍倉梯《あべのくらはし》麻呂《まろ》の娘である。『日本書紀』の大化《たいか》元年（六四五）七月条に、この系譜が載り、次に有間皇子が歴史に登場するのは、斉明三年（六五七）九月のことだ。そこには、次のようにある。

有間皇子《ありまのみこ》、性《ひととなり》黠《さと》くして陽狂《いつはりたぶれ》す、云々《しかしかいふ》

つまり、有間皇子は悪賢く、「陽狂す」とある。狂人を装っていたというのだ。ところが、牟妻温湯《むろのゆ》（和歌山県西牟妻郡白浜町の湯崎温泉）に赴き、療養したふりをして帰ってきて、その国（地域）の有り様を褒め称え、「少し見物をしただけで、病は自ずから治ってしまった」と述べたという。斉明天皇はこれを知り、喜び、自分も行ってみたいと思われたのだった。

斉明四年（六五八）五月、斉明天皇の孫・建王《たけるのみこ》が亡くなり、斉明天皇は悲嘆に暮れた。建王は言葉を発しなかった。また、従順で節操があり、斉明天皇はことのほか愛していたという。だから、悲しみは深く、「もし自分が死んだら、同じ陵に埋葬するように」と命じたという。歌を三首作り、ことあるごとに、口ずさんでいたという。そして冬十月十五日、傷心旅行であろう、斉明天皇は紀温湯《きのゆ》に行幸する。この時、斉明天皇は建王を偲ぶ歌を三首詠っている。

なぜ、有間皇子の話をしている中で、斉明天皇と建王の話をしているかというと、斉明天皇が紀温湯に行幸している最中、都に残った有間皇子が、謀反を起こしたからである。

この年の十一月三日、留守官《るすのつかさ》・蘇我赤兄《そがのあかえ》は有間皇子に、次のように語った。

「斉明天皇には、三つの失政があります。倉庫を大いに建て、民の財を積み上げ集めたことがひとつ。長大な溝を掘り、公の食糧を浪費したことが二つ。船に石を載せて運び、積み、丘にしたことが三つです」

有間皇子は蘇我赤兄が味方になってくれると思い、つい本音を吐露《とろ》してしまう。

「今、私はこの年になって、ようやく兵を挙げる時が到来した」

そして、五日、有間皇子は蘇我赤兄の家に出向き、楼に登り、密談したが、ここで脇息《きょうそく》(ひじかけ)が折れた。不吉な出来事と考え、謀議を中断し、有間皇子は帰宅して寝てしまった。この夜、蘇我赤兄は物部朴井連鮪《もののべのえのいのむらじしび》を遣わし、有間皇子の館を囲ませ、駅馬《えきば》を使って斉明天皇に急報した。

九日、有間皇子ら謀反に連座した者は捕らわれ、紀温湯に送られた。皇太子(中大兄皇子)は尋問し、「どういう理由で謀反を企《くわだ》てたのだ」と問いただした。すると有間皇子は、「天と蘇我赤兄だけが知っている。私は何も知らない」と述べたのだった。

十一日、有間皇子は充分詮議されることなく、藤白坂《ふじしろのさか》(和歌山県海南市藤白から同下津町橘本《きつもと》に続く山道）で首をくくられ、刑死した。他の者も斬り殺され、あるいは流刑《るけい》にあった。

また、「或本《あるふみ》に云《い》はく（別伝には次のようにある）」として、次のような異伝《いでん》を載せる。有間皇子と蘇我赤兄らは、短籍《ひねりぶみ》（紙を捻って束ねた籤《くじ》）を使って謀反の吉凶を占ったという。またある本には、有間皇子が、「まず宮を焼き、五百の兵で一日ふた晩、牟婁津《むろのつ》を封鎖し、船で淡路《あわじ》との間を断って、牢獄のようにしてしまえば、事を成し遂げることは容易だろう」と言った。ある人が諌《いさ》めて、「それはよくありません。計略はよいのですが、徳がありません。皇子はまだ十九歳。成人になってこそ、徳を備えられるでしょう」と述べた。また他日、有間皇子とひとりの判事が謀反を企てていた時、脇息の足が理由もなく折れたという。しかし謀略を中断せず、ついに有間皇子は誅殺《ちゅうさつ》されたのだという。

有間皇子の死を悲しむ万葉人

『万葉集』には、有間皇子が藤白坂で刑死させられる直前の歌が残されている。それが、巻二―一四一と一四二の歌である。題詞には、「有間皇子《ありまのみこ》、自《みづか》ら傷《いた》みて松が枝《え》を結ぶ歌二首」とある。

岩代《いはしろ》の　浜松が枝《え》を　引き結び　ま幸《さき》くあらば　またかへり見む（一四一）

（大意）岩代の浜松の枝を引き結んで、幸を祈願するのだが、もし生きていられたら、また戻ってきて、この枝を見よう。

家《いへ》にあれば　笥《け》に盛《も》る飯《いひ》を　草枕《くさまくら》　旅にしあれば　椎《しひ》の葉に盛る（一四二）

（大意）家にいたら器に盛る飯を、旅なのだから、椎の葉に盛る。

有間皇子が刑死した地の「岩代《いはしろ》の結《ゆ》い松《まつ》」は、奈良時代に至っても忘れ去られることはなかった。皆、有間皇子の死を悲しんでいたのだ。

長忌寸意吉麻呂《ながのいみきおきまろ》の歌が、巻二―一四三と一四四の二首。

岩代《いはしろ》の　崖《きし》の松が枝《え》　結びけむ　人はかへりて　また見けむかも（一四三）

（大意）岩代の岸の松の枝を結んだ人は、無事に帰ってきて、松を見たのだろうか。

岩代の　野中《のなか》に立てる　結び松　心も解《と》けず　古《いにしへ》思ほゆ（一四四）

（大意）岩代の野中に立つ結び松。枝も私の心も、結ばれたままで、昔のことが悲しく思えてくる。

さらに、山上憶良《やまのうえのおくら》も、次のような歌を残す。

翼《つばさ》なす　あり通《がよ》ひつつ　見らめども　人こそ知らね　松は知るらむ（一四五）

（大意）有間皇子の魂は、今もこのあたりの空に通ってきているのであろうか。人はそれを知ることはできないが、松の枝は知っているのだろう。

大宝《たいほう》元年（七〇一）九月、文武《もんむ》天皇が紀伊に行幸し、結び松を見た時の歌が、次の一首だ。ちなみに、この歌は柿本人麻呂《かきのもとのひとまろ》の歌集から撰んだと記される。

後見《のち》むと　君が結べる　岩代《いはしろ》の　小松が末《うれ》を　また見けむかも（一四六）

（大意）のちに戻ってきて見ようと結んだ岩代の子松を、再び御覧になっただろうか。

作者未詳ながら次の一首もある。

藤白《ふぢしろ》の　み坂を越ゆと　白《しろ》たへの　我《わ》が衣手《ころもで》は　濡《ぬ》れにけるかも（巻九―一六七五）

（大意）藤白の坂で処刑された有間皇子のことを思い、白栲の私の袖は濡れた。

このように、万葉歌人たちは、一様に有間皇子に同情的なのである。しかも、『万葉集』の挽歌の筆頭に、有間皇子が取り上げられ、特別視されていることが分かる。

本当に有間皇子は悪賢かったのか

さて、有間皇子の謀反事件は、『日本書紀』が記すとおりの事件だったのだろうか。

『日本書紀』は有間皇子を、悪賢《わるがしこ》く狂人を装ったと記す。しかし、有間皇子の立場を考えた時、「陽狂」の二文字には、暗い歴史が隠されているように思えてならない。いくつもの不自然な点も指摘されている。

まず、斉明三年九月、唐突に有間皇子の「陽狂」の記事が登場してくる。前後の脈絡がなく、なぜ有間皇子が狂ったふりをしなければならなかったのか、その説明もない。また、『日本書紀』が有間皇子を指して、「悪賢い」と罵《ののし》り、憎悪さえ匂わせるのはなぜか。さらに、有間皇子の「性格の悪いヤツ」「斉明天皇に紀温湯行幸をすすめた」という話の最後は「云々《しかしかいふ》」と、省略を意味する二文字がつけられ、「もっと話は続くのだが……」、あるいは、「ということらしい」と、真相を覆い隠しているのではないかと思わせる記述が散見できるのである。

また、蘇我赤兄のみならず、事件に連座した守君大石《もりのきみおおいわ》や坂合部連薬《さかいべのむらじくすり》は、みなこの後、天智朝で出世しているのも解せない。

そこで、謀反に至る経過を、もう少し詳しく見ていこう。話は乙巳《いっし》の変《へん》に遡る。蘇我本宗家の滅亡によって、中臣鎌足《なかとみのかまたり》は中大兄皇子に対し、「年功序列を考えれば、軽皇子《かるのみこ》を立てるべきです」と進言し、また「人々もそれを望んでいる」と述べ、中大兄皇子もこの献策を受け入れている。こうして、孝徳天皇が誕生した。中大兄皇子にとって叔父《おじ》にあたる。

ところが、蓋《ふた》を開けてみれば、孝徳天皇と中大兄皇子は馬が合わなかったようで、孝徳天皇の晩年、中大兄皇子は飛鳥への遷都を要求し、受け入れられないと見るや、親族や役人たちを引き連れて、強引に飛鳥に引き払ってしまった。孝徳天皇は孤立し、難波宮《なにわのみや》で憤死するのである。

なぜ中大兄皇子は孝徳天皇を捨てたのか、よく分からない。けれども、孝徳天皇が主導権を握ったままでいれば、皇位継承候補の筆頭は、有間皇子であった。ここに、有間皇子の悲劇が隠されている。

孝徳天皇崩御ののち、中大兄皇子は母を再び玉座に推し上げ（斉明天皇。孝徳天皇の姉)、ほぼ実権を手中に収めた。この時点で、もっとも玉座に近づいたのは、中大兄皇子であった。そして当然、中大兄皇子は有間皇子の存在を煙たく思うようになったのである。

中大兄皇子の恐怖政治

有間皇子が狂人を装ったのは、「悪賢い」からではなく、身の危険を感じたからにほかならない。

有間皇子に本当に謀反の意思があったのかどうか、それは憶測するほか手はない。だが、少なくとも、有間皇子は斉明天皇に弁明をするつもりで牟婁温湯に向かい、その途中で中大兄皇子が待ち構え、有無を言わさず殺してしまったというのが、本当のところであろう。そして、謀反の意思云々以前に、有間皇子を追いつめたのは、中大兄皇子であることを、忘れてはなるまい。

中大兄皇子の政治手腕は、「恐怖政治」そのものであり、邪魔になった者は容赦なく消し去るのが、この男の手口であった。孝徳天皇の時代、蘇我倉山田石川麻呂《そがのくらやまだのいしかわまろ》は中大兄皇子を殺《あや》めようと企てたと言いがかりをつけられ、一族滅亡に追い込まれている。蘇我倉山田石川麻呂の容疑は死してのち晴らされたと『日本書紀』はいうが、状況から見て、罠を仕組んだのは中大兄皇子である。

この時中大兄皇子は、蘇我倉山田石川麻呂の首を「醢《すし》（塩漬け）」にし、妃《みめ》の遠《お》智娘《ちのいらつめ》に見せつけた疑いが強い。遠智娘は蘇我倉山田石川麻呂の娘で、変わり果てた父の姿に涙し、夫のむごい仕打ちに衝撃を受け、発狂して亡くなるのである。

中大兄皇子が遠智娘を追いつめたのは、この男が心底蘇我氏を憎んでいたからだろう。なぜ蘇我氏が憎かったのかというと、それは、「蘇我氏が悪党だったから」ではない。その本当の理由は、「蘇我氏が大海人皇子《おおあまのみこ》を依怙贔屓《えこひいき》した」からではないかと筆者は疑っている。そして、蘇我氏が大海人皇子を支持する限り、中大兄皇子の即位は、永遠になかった……。なぜそのように考えるのかは、後にふたたび触れる。

有間皇子の母方の阿倍氏と蘇我氏は緊密な関係にあり、「蘇我嫌い」の中大兄皇子にすれば、有間皇子を生かしておくことはできなかったということになる。

これは余談だが、天智天皇（中大兄皇子）は晩年、弟で皇太子の大海人皇子を病床に呼び出し、禅譲《ぜんじょう》の意思を伝えているが、ここで大海人皇子は、申し出をきっぱり断り、髪を剃り武器を捨て出家し、吉野に隠遁している。この直前、かねてより昵懇《じっこん》の間柄にあった蘇我安麻侶《そがのやすまろ》が、「お言葉に気をつけられますように」と忠告していたからだ。そして、大海人皇子を吉野に逃してしまい、近江《おうみ》朝の人々は、「虎に羽根をつけて放ってしまったようのものだ」と臍《ほぞ》をかんだという。

この場面、もし大海人皇子が天智天皇の申し出を受け入れていたら、その場で「謀反の嫌疑」をかけられ、殺されていただろう。蘇我安麻侶の「用心ください」の一言の中に、「中大兄皇子の凶暴な性格をご存知でしょう」という「含み」を感じた大海人皇子は、正しい選択をしたのであり、だからこそ、天智天皇の取り巻きたちは、大海人皇子を殺せなかったことに、臍をかんだのである。

中大兄皇子を呪った額田王

『万葉集』巻一―九に、「紀の温泉に幸《いでま》しし時、額田王の作る歌」があり、有間皇子の謀反との関係が疑われる。ところが、古来難解な歌として知られ、いまだに読み解かれていない。

莫囂円隣之　大相七兄爪湯気　わが背子《せこ》が　い立たせりけむ　厳橿《いつかし》が本

謎めく額田王のこの一首。どう解けばよいのだろう。

今でこそ、『万葉集』のほとんどの歌が、「日本語」として読めるようになったが、実際には、平安時代、すでに過去の歌集となり、万葉仮名《まんようがな》を読めなくなっていたという。そこで村上天皇《むらかみ》が「和歌所《わかどころ》」を創設し、解読作業が始まり、以後研究が重ねられ、今日に至っている。それにも関わらず、いまだに読み解くことのできない歌は二十首ほど残っている。額田王の歌は、その代表例である。

『万葉集』は万葉仮名によって書かれているのは常識である。文字を持たなかった古代人が、漢字を工夫して、日本語の「音」に、漢字を当てはめた。これがいわゆる万葉仮名なのだが、その中には、「クイズ」ではないかと思われる用法がある。『万葉集の歌を推理する』（文春新書）の中で間宮厚司は、次のような例をあげている。「憎くあらなくに」の「憎く」は、原文で「二八十一」とある。「に＝二」は当然としても、「くく」はかけ算の「九九《くく》＝八十一」を意味している。「なほやなりなむ」の最後の一文字「む」は、「牛鳴」の二文字があてがわれ、これで「む」と読ませていた。それはなぜかと言えば、古代人は牛の鳴き声を「モ～」ではなく、「ム」と聞いていたからなのだそうだ。また、「色に出《い》でば」の「いで」は、「山《やまの》上《うえに》復有山《またやまあり》」の五文字を用いている。これは、「山」を二つつなげると（山の上に山を重ねると）「出」の文字になることの、謎かけである。

ならば、額田王の歌も、何かしらの謎かけが用意されているのではあるまいか。少なくとも、『万葉集』の編者には、この歌の意味がハッキリと分かっていたのであって、だからこそ、ここに取り上げられたのである。

ならば、解けぬ歌は存在しえないのである。

梅澤恵美子は『額田王の謎』（ＰＨＰ文庫）の中で、漢字一文字一文字の意味を調べている。これが、コロンブスの卵になった。誰にも読めなかったこの歌は、中大兄皇子を糾弾していたのである。

そこで、梅澤恵美子の読み方を、以下に示そう。まずは、歌の原文を掲げておかなければならない。

莫囂円隣之　大相七兄爪湯気　吾瀬子之　射立為兼　五可新何本

初めの五文字の一文字ごとの漢字の意味は、次のようになる。


「莫」は、ないこと。ひっそりして淋《さび》しい様《さま》を表している。

「囂」は、それに反し、騒がしいとか栄華《えいが》・月宴を含むとされる語である。

「円」は、まる、欠けないことであり、つまり終わることなく繰り返す（一巡する）ことである。

「隣」は、横に相接《そうせつ》した位置またその位置にあるもの、互いに並ぶものを指していることになる。

「之」は、これ、の、ゆくとなる。（『額田王の謎』梅澤恵美子　ＰＨＰ文庫）

この方法で、全体の意味をつなげるとこうなる。

栄枯盛衰《えいこせいすい》はいつも隣合わせにあって、円のように一巡して回りめぐるもの。紀温湯の地から、天帝の車（北斗七星）に乗って行ってしまった有間皇子。そのあなたが天空から放つ矢が、元凶となった者に打ち込まれ、（栄華盛衰の自然の理によって）また新たな世がめぐってくるでしょうから。（前掲書）

額田王は有間皇子の死を嘆き、そして、陰謀を企てた中大兄皇子を呪っていたのである。

中大兄皇子と言えば、乙巳の変や大化改新を成し遂げた英雄と『日本書紀』はいうが、『万葉集』は、むしろ有間皇子に同情的な歌をいくつも載せている。中大兄皇子の用いた恐怖の政治手法に、人々は次第におののき始めるのである。

そして、このような不安と混乱の時代が収拾されるのが、壬申の乱（六七二年）であった。天智天皇の推し進めた強引な政策に、人々は不満を抱いた。そして天智天皇の崩御ののち、天智天皇の愛息・大友皇子《おおとものみこ》の即位を阻止しようとした大海人皇子（天智天皇の弟）に、人々の期待は集まったのである。結局、乱を制した大海人皇子は、即位した。これが天武天皇であり、ここで、『万葉集』の第一期が終わる。

天武と持統の間に横たわる溝

第二期は、都が飛鳥《あすか》（浄御原宮《きよみはらのみや》）とそのすぐ脇《わき》、新益京（藤原宮）に置かれた時代で、平城京遷都の直前ということになる。

一般にこの期間は、それまでの混乱と悲劇を乗り越え、天武系の王家を中心とする、安定した、新たな時代の到来を予感させるはつらつたる時代と考えられている。

だが、これは誤解である。

確かに、壬申の乱を制した天武天皇は、新たな体制作りに邁進し、中央集権国家の建設を急ぎ、同時に新益京造営の夢を抱いた。

天武天皇亡き後、皇后の地位を利用して即位した持統天皇は、先帝の遺志を継承し、新益京を完成させていく。また、天武と持統の孫の珂瑠《かるの》（軽）皇子《みこ》が即位し（文武天皇）、天武の王家は安泰となった。

そして通説は、天武天皇によって皇族のみで政治を支配する極端な独裁体制（皇《こう》親政治《しんしせいじ》）が布かれ、支配体制は偏ったものになりはしたものの、それは一時的に終わったとする。すなわち、その後、律令制度が完成し、新たな体制が整えられ、さらに豪族層が皇親政治を打破したとする。だから通説は、この時代を安定と繁栄の時代と読み解くのである。

しかし通説は、天武天皇と持統天皇の間に、大きな溝が横たわっていることを見落としている。

たとえば持統天皇は、即位すると藤原不比等を大抜擢している。藤原不比等の父は中臣（藤原）鎌足で、天智天皇の右腕として活躍した人物である。中臣鎌足は壬申の乱の直前、天智の子の大友皇子の即位を願い、大海人皇子を敵視していたと『懐風藻《かいふうそう》』には記されている。この「天智天皇＋中臣鎌足」と大海人皇子（天武天皇）の間に生まれた亀裂は、単なる兄弟喧嘩の域を超えて深刻だった。

『藤氏家伝《とうしかでん》』には、次のような記事が残される。天智天皇存命中のこと、大海人皇子はとある酒宴の席で天智と口論になり、槍を床に突き立てて抗議し、天智天皇は大海人皇子を殺そうとしたといい、中臣鎌足が中に割って入って事なきを得たという。

天智天皇と大海人皇子は、舒明天皇と斉明天皇の間に生まれた兄弟である。それにも関わらず仲が悪かった理由は、大海人皇子が蘇我氏と強く結ばれていたからと、筆者は考える。蘇我氏と言えば改めて述べるまでもなく、天智（中大兄皇子）と中臣鎌足が目の仇《かたき》にした人々である。

藤原不比等
※『前賢故実』より（国立国会図書館デジタルコレクション）

同じ親から生まれた兄弟が、なぜ蘇我氏を敵に回し、あるいは蘇我を味方につけたのだろう。なぜ大海人皇子は、兄の方針に異を唱えるように、蘇我氏と手を組んだのだろう。

しかし、この設問は正しくない。なぜなら、大海人皇子の両親は、蘇我氏全盛期に擁立されているからだ。つまり、蘇我氏の後押しがなければ、玉座を得ることはできなかったのだ。したがって、大海人皇子が蘇我系豪族の支持を得たことは、むしろ当然のことで、異端児は中大兄皇子のほうであったことが分かる。したがって、天智と大海人皇子をめぐる謎は、なぜ中大兄皇子（天智）は、蘇我氏を敵に回したのか、ここに、本当の謎が隠されていたと、思考を転換する必要がある。

「それは、蘇我氏が専横《せんおう》を繰り返し、正義感の強い中大兄皇子が反発したからだろう」

という答えが、すぐに返ってきそうだ。だが、ことはそれほど単純ではない。

怪しい山背大兄王の実存性

近年、蘇我氏見直しの気運が次第に高まり、蘇我氏こそ、改革派だったのではないかと考えられるようになってきた。事実、天皇家の直轄領＝屯倉《みやけ》をせっせと作り続けていたのは、蘇我氏であった。中央集権国家の基礎固めである。

また、蘇我氏は天皇家に女人《にょにん》を送り込み、外戚《がいせき》になったのだから、彼らが王家を蔑《ないがし》ろにしたという『日本書紀』の記事も、信用できないと考えられるようになってきた。

乙巳の変の蘇我入鹿暗殺の大義名分は、「蘇我入鹿が聖徳太子の子・山背大兄王《やましろのおおえのおう》の一族（上宮王家《じょうぐうおうけ》）を滅亡に追い込んだこと」なのだが、この事件が『日本書紀』によるでっち上げであり、山背大兄王の実在性も怪しいことは、すでに他の拙著の中でも述べてきた。『日本書紀』は聖徳太子と山背大兄王の親子関係を明確に示していないし、中世に至ると、両者は親子ではなかったのではないかと噂されていたという。

『日本書紀』の描く山背大兄王一族の滅亡事件も、素直に信用することはできない。蘇我入鹿のさし向けた兵が斑鳩宮《いかるがのみや》（現・法隆寺《ほうりゅうじ》付近）を囲むと、山背大兄王らは生駒山《いこまやま》に逃《のが》れるが、挙兵の勧めを断り、「自分自身のために人様に迷惑を掛けたくない」と言い、わざわざ斑鳩に戻り、一族とともに命を絶ったのだった。

通説はこれを美談として捉えるが、何か、騙《だま》されているような気がする。なぜ生駒山で自害せずに、斑鳩に戻ってきたのだろう。

それに、『日本書紀』に描かれた一族最期の描写が不自然だ。

斑鳩の上空に、五色の幡蓋《はたきぬがさ》（旗と天蓋《てんがい》）が宙を舞い、空に照り輝き、寺に垂《た》れ下がった。伎楽《ぎがく》が奏《かな》でられ、人々はその様子を仰ぎみて嘆き、入鹿に指し示した。しかし、入鹿が見ようとすると、幡蓋は黒雲に変じてしまったという。これは誰が見ても、作り話であり、なぜここまでして、『日本書紀』は、山背大兄王一族の滅亡をドラマチックに演出する必要があったのだろう。

ここに至るまで、山背大兄王は長い間皇位に固執し続けた。また、山背大兄王の弟は蘇我本宗家に対し、「山背大兄王は蘇我出身なのだから」と泣きつき、山背大兄王を推挙《すいきょ》するように注文をつけている。これに対し蘇我本宗家は、蘇我氏と縁の遠い舒明天皇や皇極《こうぎょく》天皇を推し立てているのだから、こちらのほうが、公平な人選をしていた可能性さえ出てくる。そうなると、甘えていたのは山背大兄王だったことになる。しかも、ばらばらに住んでいた一族を一ヵ所に集め、道連れにした山背大兄王の罪は重い。また、この時点で蒸発するように聖徳太子の末裔《まつえい》がいなくなってしまったという設定にも、うさん臭さを感じてしまう。

どう考えても、『日本書紀』に描かれた山背大兄王一族の滅亡事件には、現実味がないのである。この事件、蘇我入鹿を悪人に仕立て上げるための、でっち上げではあるまいか。事件の目撃者である法隆寺が、山背大兄王を平安時代に至るまで祀《まつ》った気配もなかったことは、妙にひっかかる。考えれば考えるほど、山背大兄王は怪しい。

『日本書紀』に仕組まれたトリック

『日本書紀』が必死になって蘇我氏の悪者ぶりを強調する必要があったのは、『日本書紀』編纂時の実力者が藤原不比等だったからだろう。藤原不比等は父・中臣鎌足の業績を顕彰する必要があり、また、それは容易だったはずだ。

そして、中臣鎌足の正義を主張するには、中臣鎌足の倒した蘇我氏が、悪でなければならなかった。ひょっとして、最近「実在しなかったのではないか」と疑われ始めている聖徳太子も、中臣鎌足を讃美するための、偶像だったのではないかと思えてくる。すなわち、蘇我氏を大悪人に仕立て上げるために、蘇我氏を鏡で映した偶像が必要になった、ということである。

蘇我氏が真の改革者であったにも関わらず、その業績を抹殺し、その手柄を藤原氏が横取りするためのトリックが、『日本書紀』に仕組まれていたのではあるまいか。すなわち、聖徳太子という蘇我系の架空の皇族を捏造《ねつぞう》し、その人物に蘇我氏の業績を負わせ、そのうえで「比類なき聖者一族」を蘇我氏に抹殺させることによって、完全犯罪が成り立つのではあるまいか。

だからこそ、聖徳太子の末裔は、ひとり残らず消滅してもらう必要があった。聖徳太子が聖者であればあるほど、蘇我入鹿が反比例して大悪人になっていくというカラクリである。

なぜこのような話にこだわったかというと、天智天皇と大海人皇子、言いかえると「反蘇我派」と「親蘇我派」の抗争こそ、『万葉集』に隠された、ひとつのテーマだったからではないかと疑っているからである。

そこでもう少し、親蘇我派と反蘇我派の抗争の歴史に注目しておきたい。

乙巳の変ののち、孝徳天皇が即位し、大化改新が断行されたと『日本書紀』はいう。『日本書紀』の記事に従えば、専横を極め、王家を蔑ろにしてきた蘇我氏という邪魔者が消えて、ようやく中央集権国家作りが一気に進んだということになる。ただし、律令制度が本当に完成していたのかどうか、実に疑わしい。

それはなぜかと言うと、『日本書紀』の記事の中に、のちの時代の用語が飛び出してきていたからで、律令制度が整った段階の知識をもとに、書き加えられたものと考えられてきたのである。

ところが、難波宮の発掘調査が進み、律令の基礎となる都城《とじょう》の原型がこの段階ですでに整備されつつあったことが明らかになった。

ただし、発見された木簡《もっかん》の中に、律令制度の萌芽とみられる文字が記されていたことから、『日本書紀』のいうような形ではないにしても、律令制度の基礎固めは、すでに孝徳朝の段階で、進められていたことが分かってきたのである。

『万葉集』を読み解く鍵は「蘇我」

問題は、この改革事業が、乙巳の変の蘇我本宗家滅亡をきっかけに前進していたのか、ということである。

筆者は、蘇我本宗家の推し進めた改革事業を孝徳天皇が継承したのであって、中大兄皇子や中臣鎌足は、むしろ反動勢力だったのではないかと考えている。

その理由はいくつもある。

孝徳天皇が都を難波に遷《うつ》した時、人々は、
「そういえば、ネズミが飛鳥から難波に移動していたが、あれは遷都の前兆だったのだ」
と語り合ったという。問題は、ネズミが蘇我入鹿暗殺の直前に難波に向かっていたと『日本書紀』が記すことだ。つまり、難波遷都は、蘇我氏の推し進める改革事業の一環で、これを継承したのが孝徳天皇だったことを意味しているのではあるまいか。

さらに、孝徳朝の重臣に、阿倍倉梯麻呂や蘇我倉山田石川麻呂、巨勢徳太《こせのとこだ》らが顔を揃えていたが、彼らは蘇我本宗家と強い絆《きずな》を持った人々だった。また、若き日の孝徳天皇（軽皇子）と巨勢徳太は、蘇我入鹿の企てた山背大兄王襲撃に加わっていたという。

さらに、すでに触れたように、中大兄皇子は、律令制度の基盤となる難波宮を捨て去るという暴挙に出ている。これは、蘇我氏の事業を継承した孝徳天皇に対する嫌がらせであろう。

中大兄皇子は、改革事業に反発した守旧派の豪族たちをかき集め、孝徳朝の親蘇我体制を潰《つぶ》しにかかったに違いない。

「改革派の蘇我氏」にこだわったのは、西暦七二〇年に編纂された正史『日本書紀』によって、蘇我氏の実像が闇に葬られ、その結果、多くの矛盾と謎が、古代史に残されてしまったからである。

天武天皇と持統天皇の本当の関係がつかめなかったのは、まさに「蘇我」を見誤っていたからである。

さらに、このような蘇我氏の実像が分からなければ、「万葉の時代」を読み解くことができない。つまり、これらの歴史背景を承知しておかなければ、『万葉集』を読み誤る可能性が高いのである。

困窮する民の様子を描いた山上憶良

さて、次に『万葉集』の第三期に移ろう。『日本書紀』編纂後の平城京の時代である。

平城京といえば、「あをによし」が、すぐに思いつく。

この歌のイメージが強烈に焼きついていること、現代の奈良が、のびやかな風土であることも手伝って、平城京の時代には、牧歌的なイメージがつきまとう。しかし、すでに触れたように、藤原氏と大伴氏の暗闘は、熾烈《しれつ》を極めていたし、社会は疲弊し、現実は、苛酷で壮絶だった。

まず、律令制度の諸矛盾が噴出し、民は重税に苦しめられていく。律令制度に伴う土地改革は、一種の共産主義体制だから、制度の疲弊と破綻《はたん》は、時間の問題だった。また、追い打ちをかけるように天変地異や疫病（天然痘《てんねんとう》など）が襲い、民はうちひしがれていった。田畑を手放し、流浪するものが、あとを絶たなかった。

この「困窮《こんきゅう》する民」の様子を克明に描き切ったのが、山上憶良だ。奈良時代の案内人を、山上憶良にお願いしよう。

山上憶良の出自は明確になっていない。『新撰姓氏録《しんせんしょうじろく》』によれば、粟田《あわた》氏（春日氏同族）の枝族ということになるが、百済《くだら》系渡来人ではないか、とも疑われている。

山上憶良は斉明六年（六六〇）生まれ、天平五年（七三三）に亡くなっている。大宝元年（七〇一）、四十二歳で初めて『続日本紀《しょくにほんぎ》』に登場し、「無位」で「少録《しょうろく》」

とある。書記をしていたらしい。おそらく学才を認められたのだろう。翌年、遣唐《けんとう》使《し》として入唐し、五年後に帰朝したらしい。

帰国に臨んで記した次の歌は、実にのびやかで飾り気がない。この人の性格を、よく表しているように思う。

いざ子ども　早く日本《やまと》へ　大伴《おほとも》の　三津《みつ》の浜松　待ち恋ひぬらむ（巻一―六三）

（大意）さあ、水手《かこ》たちよ、早く大和に帰ろう。大伴の御津《みつ》（難波の港）の浜松が、われらを待ち焦がれているよ。

四十をすぎた大の大人が、無邪気にはしゃいでいる情景が、目に浮かぶようだ。

大伴旅人の妻の死を悼む歌

山上憶良は和銅《わどう》七年（七一四）に従五位下《じゅごいげ》、霊亀《れいき》二年（七一六）には伯耆守《ほうきのかみ》に任ぜられ、地方行政に携わる。養老《ようろう》五年（七二一）ごろ、都に戻され、武芸や狩猟に明け暮れていた皇太子（のちの聖武天皇）に仕《つか》え、学問を進講した。このころ、中国の『芸文類聚《げいもんるいじゅう》』にならって、多くの和歌を集め、冊子にまとめている。これが、『万葉集』にたびたび引用される『類聚歌林《るいじゅうかりん》』だ。

神亀《じんき》三年（七二六）ごろ、筑前守《ちくぜんのかみ》として大宰府《だざいふ》に赴任し、そのあと赴任した大《おお》伴旅人《とものたびと》らと交流を持ち、「筑紫歌壇《つくしかだん》」を形成した。

ところでこのころ、大伴旅人の妻が亡くなった。巻五―七九三は、大伴旅人が妻の死に接し、心は崩れ落ち、断腸の涙を流したが、「両君（ふたり。誰であるかは不明。けれどもひとりは山上憶良であったようだ）」の大きな助けによって、命を長らえることができた時の歌だ。

世の中は　空《むな》しきものと　知る時し　いよよますます　悲しかりけり（七九三）

（大意）世の中は空しいものだとつくづく知ったが、ますます悲哀にくれてしまう。

大伴旅人の落胆が、目に浮かぶようだ。

先述の「両君」のひとりが山上憶良と考えられるのは、すぐあとに山上憶良の挽《ばん》歌《か》があって（巻五―七九四～七九九）、「妻の死」を、まるで自分のことのように嘆いているからだ。その中から、反歌を一首。

悔《くや》しかも　かく知らませば　あをによし　国内《くぬち》ことごと　見せましものを（七九七）

（大意）悔しいことだ。こんなことになるのを知っていれば、国中を見せてまわってやったのに。

さりげない優しさが、ひしひしと伝わってくる。古代人も現代人も、愛情表現に、変わりはないことを思い知らされる。そして、山上憶良の庶民的な感覚、さらに友（大伴旅人）に対する気遣《きづか》いの温かさが、実に心に染み渡ってくる。

冷徹で有能な「官吏」という側面

「筑紫歌壇」と聞けば、優雅な貴族のサロンというイメージがつきまとうが、現実には、藤原氏が一党独裁を画策する過程で邪魔にされ、筑紫に追いやられた人々の、「嘆きの場」であった。

その中にあって、山上憶良は、家族愛をテーマにしたほほえましい歌を作り続けている。代表例は、「子等を思ふ歌一首」である。

瓜《うり》食《は》めば　子ども思ほゆ　栗《くり》食めば　まして偲《しぬ》はゆ　いづくより　来《きた》りしものそ　まなかひに　もとなかかりて　安眠《やすい》しなさぬ（巻五―八〇二）

（大意）瓜を食べれば子どものことを思ってしまう。栗を食べれば、さらに思いを馳せる。子どもはどこから来るものなのだろう。目の前にちらついて、眠ることもできない。

情の深さが、この歌からも偲ばれる。

ただその一方で、山上憶良と言えば思い出すのが、貧窮問答歌《ひんきゅうもんどうか》であろう。したがって、山上憶良は「貧乏人の味方」「庶民の心を分かっている人」というイメージがある。

ところが、ことはそう単純ではない。山上憶良は、国司としての側面も持ち合わせていたからだ。神亀五年（七二八）に書かれた「惑《まど》へる情《こころ》を反《かへ》さしむる歌一首」の序には、次のような話が載る。

ある人がいて、父母を敬うことを知っているが、そばに侍《はべ》り、孝養《こうよう》することを怠《おこた》っている。妻子を顧みず、脱ぎ捨てた靴よりも軽んじている。しかも、世間に背《そむ》いた隠居者と自称する。意気は天上に昇っているが、体はなお、塵俗《じんぞく》のなかにある。仏道に入ったという聖人の証《あかし》も持たず、山沢《さんたく》に亡命する民だ（要するに、田畑を手放し放浪する山林仏教の徒、優婆塞《うばそく》、私度僧《しどそう》のことを言っている）。だから、人間の道理を、この歌によって教え、惑いを改めてやろう、というのである。

歌の内容も、序の話を繰り返している。穴のあいた靴を捨てるように、家族を捨てるおまえは、非情の人なのか……。おまえの名前を言いなさいと、厳しく叱責する。そして、この大地は、大君（天皇）の治められる立派な国ではないか、と結ぶのである。

優婆塞たちは、好きこのんで家族を捨てたのではなかろう。律令制度の矛盾が噴出し、彼らは重税と労役に苦しめられていたのである。

奈良時代、平城京、東大寺や諸寺、その他官司の造営に、多くの人手がかり出された。当時の国家の財政を逼迫させるほどの工事が重なり、一方で豪族や国司たちは、高利の出挙《すいこ》（要するに、貸付業）や開墾によって、私腹を肥やしていった。国家に納まるべき税を、かすめ取っていたのである。

こうして、歳出は増え、収入は減るという異常事態が出来《しゅったい》し、国家も民も疲弊していく。そして、困窮した民の中には、出奔《しゅっぽん》し、優婆塞となる者も少なくなかったのである。

その優婆塞たちに救済の手をさしのべたのが、行基《ぎょうき》であり、奈良の都の東の山に、数千人、多い時で一万人もの優婆塞が集まり、気勢をあげていたというから、朝廷も黙っていられなくなったのである。

国家側から見れば、勝手に土地を手放し放浪されては、税収が落ち込み、国家運営もままならなくなるのだから、これを厳しく取り締まった。山上憶良も、優婆塞の存在を苦々《にがにが》しく思っていたひとりなのだろう。

ここに、国司、官吏の立場から、「秩序を重んじる山上憶良」という側面が見出せるのである。

民の苦しさに気づいた山上憶良

そこで、気になるのは、貧窮問答歌とは、どのような歌だったのか、である。

改めて、『万葉集』巻五―八九二と八九三を読み直してみよう。この歌は、「貧しい者」と「もっと貧しい者（極貧の者、困窮した者）」の二人が、会話をやりとりする、という形で進行する（だから、「貧窮」の「問答歌」）。まずは、「貧しい者」が、口火を切る。設定は、作物の取り入れを終わったある冬の夜、である。まず、「貧者」の話を聞こう。

風雑《まじ》へ　雨降る夜《よ》の　雨雑《まじ》へ　雪降る夜《よ》は　術《すべ》もなく　寒くしあれば　堅塩《かたしほ》を　取《と》
りつづしろひ　糟湯酒《かすゆざけ》　うち啜《すす》ろひて　咳《しはぶ》かひ　鼻びしびしに　しかとあらぬ　鬚《ひげ》
かき撫でて　我《あれ》を除《お》きて　人は在らじと　誇ろへど　寒くしあれば　麻衾《あさぶすま》　引き
被《かがふ》り　布肩衣《ぬのかたぎぬ》　有りのことごと　服襲《きそ》へども　寒き夜すらを　我《われ》よりも　貧しき
人の　父母は　飢《う》ゑ寒《こご》ゆらむ　妻子《めこ》どもは　吟《によ》び泣くらむ　此の時は　如何《いか》にしつ

つか　汝《な》が世は渡る

（大意）風が吹き雨が降る晩、雨に混じって雪が降る晩、なすすべもなく寒い時は、堅塩を舐《な》め、糟湯酒をすすり、咳き込んで、鼻はぐちょぐちょになって、伸びてもいない鬚をかき上げ、私ほどの人物はおるまいと誇ってみるが、寒く、麻の布団を引き被り、粗末な服を重ねても、寒い夜なのに、私よりも貧しい人の父母は、飢えて震えていることだろう。妻子たちは物をせがんで泣いていよう。こんな時は、おまえはどうして過ごしているのか。

歌はこんな調子で始まり、「もっと貧しい人」に、バトンタッチされる。

そこで、こちらも暗くなってしまうが、極貧の男の話を聞こう。『万葉集』は、二人の男の話を同じ歌の中で語っている。

天地は　広しといへど　吾《あ》が為《ため》は　狭《さ》くやなりぬる　日月《ひつき》は　明《あか》しといへど　吾《あ》が
為は　照りや給はぬ　人皆か　吾《あれ》のみや然る　わくらばに　人とはあるを　人並《ひとなみ》に
吾《あれ》も作《つく》るを　綿も無き　布肩衣《ぬのかたぎぬ》の　海松《みる》の如《ごと》　わわけさがれる　襤褸《かかふ》のみ　肩にう

ち懸け　伏廬《ふせいほ》の　曲廬《まげいほ》の内に　直土《ひたつち》に　藁《わら》解き敷きて　父母は　枕《まくら》の方《かた》に　妻子《めこ》どもは　足《あし》の方《かた》に　囲《かく》み居《ゐ》て　憂へ吟《さまよ》ひ　竈《かまど》には　火気《ほけ》ふき立てず　甑《こしき》には　蜘蛛《くも》の巣懸《か》きて　飯炊《いひかし》く　事も忘れて　鵺鳥《ぬえどり》の　呻吟《のどよ》ひ居《を》るに　いとのきて　短き物を　端截《はしき》ると　云へるが如く　楚取《しもとと》る　里長《さとをさ》が声は　寝屋戸《ねやど》まで　来《き》立ち呼《よ》ばひぬ　斯くばかり　術《すべ》無きものか　世間《よのなか》の道

（大意）天地は広いというが、私には狭くなったのか、日月は明るいというけれども、私のためには照ってくれない。人みんなにそうなのか、あるいは、私だけなのだろうか。人として生まれ、人並みに五体満足なのに、綿もない粗末なボロ服をまとい、おんぼろの家に住み、藁を敷き、父母は上座に、妻子たちは下座に、身を寄せ合い、愚痴《ぐち》をこぼし、竈には火も立たず、甑には蜘蛛の巣が張って、飯を炊くことも忘れて、鵺鳥のように、ブツブツいって嘆いていると、短い物を切り縮めるという諺《ことわざ》のように、鞭《むち》をとる里長の声は、寝床までやってきて叫ぶ。こんなにつらいものなのだろうか、この世は……。

そして最後に、八九三の歌で締められる。

世間《よのなか》を　憂《う》しとやさしと　思へども　飛び立ちかねつ　鳥にしあらねば

（大意）ああ、こんな世の中はいやだ。けれども、鳥ではないのだから、飛んで逃げるわけにもいかない。

というのである。

ここに、山上憶良の「変節」が見え隠れする。民の苦しみに目覚めたのであろう。

何が山上憶良を変えたのか

歌《うた》の詠われた時期は、はっきりとしない。ただし、「筑前国司」と役職名が記されていないこと、歌の配列から見て、大宰府からヤマトに戻り、病気がちな日々を送っていた天平四年（七三二）の冬から天平五年（七三三）頃のものと思われる。山上憶良は、天平五年、病没しているから、死のまぎわの歌ということになる。

かつて大宰府で山上憶良は、重税に耐えきれず、流浪する優婆塞を、国司の立場でたしなめる歌を作った。しかし、平城の都に戻って、民の貧しさに接し、今度は強い同情を示しているのである。

山上憶良に、どのような心境の変化があったというのだろうか。

山上憶良は、歌の中で「生と死」「愛」「病」に真っ正面から立ち向かった最初の人物だった。その苦悩は、仏教的思想に彩《いろど》られ、その一方で、官人としての優婆塞に対するきびしい姿勢は、儒教的発想に基づいているとされている。また、山上憶良は柿本人麻呂に比べて、渡来文化に対する造詣が深く、さらに、唐の先進の文物が大いに流れ込む時代を過ごしている。いわば、山上憶良は、「過渡期」に身を置いた詩人だったと言わねばならぬのかもしれない。

中西進は、山上憶良の「精神形成は二律対置」によって探ることができるといい、外来文化の受容と葛藤でこれを説明し、しかもそれは、山上憶良だけの問題ではなかったとする。すなわち、

憶良の揺れ、この迷妄こそ日本人の精神の深化だった。（『中西進 万葉論集 第四巻』

講談社）

というのである。

ただしこれは、優婆塞を批判した官人としての山上憶良と、民の困窮を朝廷に訴えた山上憶良の違いを説明するには十分ではない。

貧窮問答歌が詠われた時、すでに大伴旅人は他界している。そして、巻五―八九三の歌のあとに、「山上憶良頓首謹みて上る」とあり、上司にこの歌を提出しているところが、どうにも気になる。

山上憶良の晩年、天平四年から五年が、どういう時代であったのかが大きな意味を持ってくるように思えてならない。

平城京の現実に驚愕した山上憶良

和銅三年（七一〇）に新益京《あらましのみやこ》（藤原宮）が捨てられ、都は平城京に移った。この時のナンバーワン左大臣が石上《いそのかみの》（物部《もののべの》）麻呂《まろ》、ナンバーツーの右大臣《うだいじん》は藤原不比等であった。ところが石上麻呂は、遷都に際し、「旧都の留守役」に任命され、没落する。そしてここから、藤原氏による一党独裁体制が着々と築かれていくのだった。

平城京も、藤原不比等が「藤原氏繁栄の基礎固め」のために造営したと考えられる。山階寺《やましなでら》が移築され、藤原氏の氏寺《うじでら》・興福寺《こうふくじ》となった。この場所は宮城《きゅうじょう》を見下ろす一等地で、いざとなれば、山城《やましろ》の役目を果たす。都人《みやこびと》は、興福寺を見上げては、平城京の真の権力者が誰なのか、はっきりと認識しただろう。

養老元年（七一七）には、ひとつの氏からひとりの議政官という不文律が破られ、藤原不比等の子の房前《ふささき》は、参議《さんぎ》に抜擢《ばってき》される。養老四年（七二〇）に『日本書紀』が編纂され、藤原不比等の父・中臣鎌足を英雄視する歴史観が誕生した。この年、藤原不比等は亡くなるが、藤原不比等の四人の子、武智麻呂《むちまろ》、房前、宇合《うまかい》、麻呂《まろ》が、朝堂《ちょうどう》を支配する体制が整えられていく。

この間、高市皇子《たけちのみこ》の子・長屋王が右大臣（左大臣不在だったから、実質上のトップ）に任ぜられ、反藤原派の旗印となっていった。藤原氏はこれに対抗し、元正《げんしょう》天皇を動かし、藤原房前を内臣《うちつおみ》に任命させることに成功している。内臣とは、「天皇と同等の重みを持つ役職」で、一介の参議にすぎなかった房前が、右大臣・長屋王を上まわる力を獲得してしまったことを意味する。

神亀元年（七二四）には、藤原氏が待ちに待った、聖武天皇の即位が実現した。聖武天皇は、母も妻も藤原氏という、絵に描いたような、「藤原氏のための天皇」だった。こうして、藤原氏の権力基盤は、着々と整っていった。そして、最後に残った邪魔者は、長屋王であった。

長屋王は結局、神亀六年（七二九）、藤原氏の陰謀にはまって、一族滅亡の憂き目に遭う。この時、長屋王の後ろ盾となっていた大伴旅人は、都にはいなかった。神亀四年（七二七）ごろ、大宰帥《だざいのそち》として、大宰府に赴任していたのである。

この人事は、周到に長屋王包囲網を築きつつあった藤原氏の陰謀ではないかとする説がある。おそらくそのとおりだろう。問題は、山上憶良が都に戻ってきた時、長屋王が滅亡し、藤原四兄弟が我が世の春を謳歌《おうか》していたことなのである。

しかも、大宰府で「筑紫歌壇」を形成していた盟友《めいゆう》・大伴旅人は、すでにこの世を去っている。おそらく山上憶良は、藤原氏がわが物顔で闊歩《かっぽ》する一方で、重税に苦しむ民の苦境というコントラストに、がく然としたに違いないのである。

天皇家と藤原氏の関係略図

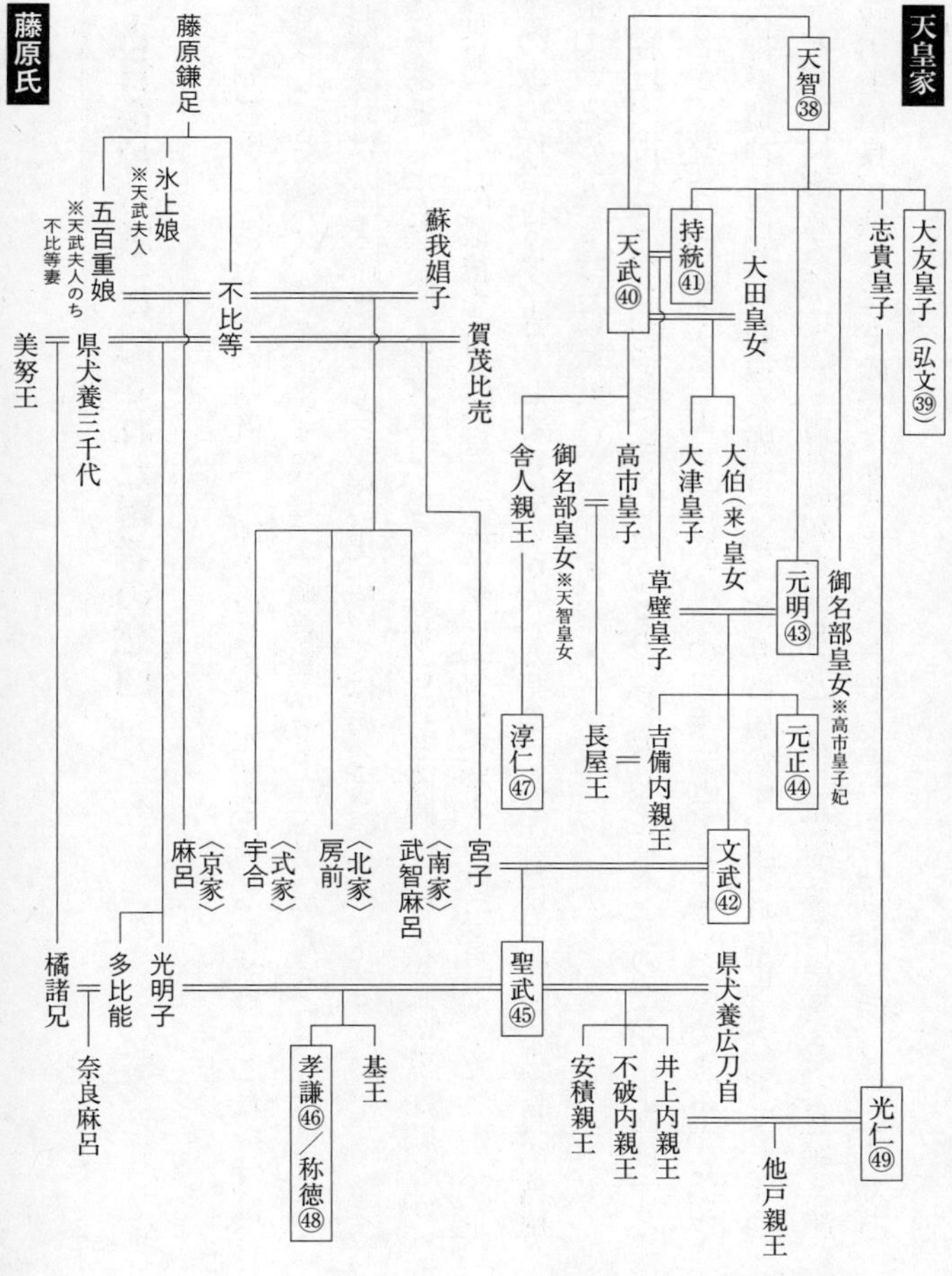

※丸内数字は皇（王）位継承順。長幼の順不同。

「古日を悼む歌」に隠された編者の意図

貧窮問答歌は、生と愛に執着した山上憶良が、死期を悟り、「せめてこれだけは、言い残しておきたい」と、書き残し、「頓首謹みて上」げたのだろう。想像をたくましくすれば、「天子様に」と、願い出たのではあるまいか。

このあと、『万葉集』の巻五は、重篤《じゅうとく》な病に苦しみ嘆く山上憶良の歌が続くが、『万葉集』巻五の最後を飾るのは、「男子《をのこ》名は古日《ふるひ》に恋ふる歌三首」である。

この歌の作者ははっきりしていないが、『万葉集』の左註には、「山上憶良の作風に似ているので、ここに載せた」と記す。

内容は、古日という幼子を亡くしたことの悲しみを述べたものだが、「古日」という名が、妙にひっかかる。「古日」は「古《いにしえ》の日々」と考えることもできるからだ。「天神や地神に祈り、回復を願ったが、祈りは届かず、古日は亡くなってしまった」と、歌は訴える。この「古日の死を悼《いた》む歌」は、重篤な病に冒され、息絶え絶えの山上憶良が詠ったものではあるまい。おそらく、それ以前に作られた歌であり、『万葉集』編者が、わざわざ山上憶良の歌を集めた巻五の最後に持ってきたところに、『万葉集』編者の「意図」が隠されているように思えてならない。

歌にある「古日」が、現実の「古日という名の子」の話であったかどうかは判然としないが、仮に子の名が「古日」だったとしても、この歌を巻五の最後に持ってくることによって、「古日＝古き良き時代」が消えてなくなってしまったことを、山上憶良が嘆き悲しんでいた、という意味に化けるのである。

山上憶良は死のまぎわに、「士」であることに強くこだわっていた。その「士」とは、「筋を通す」ということだろう。そして、貧窮問答歌によって、矛盾に満ちた世の中を嘆き、腐敗し堕落した権力者（具体的には藤原四兄弟）に対して批判を加えたということであろう。

山上憶良は、最後の最後に反骨を貫いたのであり、『万葉集』の編者は、巻五の最後に「古日」にまつわる歌を載せることによって、山上憶良の真意を伝え、また心意気を顕彰したに違いない。

くどいようだが、平城京に都が置かれた時代は、藤原氏が独裁権力を握る歴史であった。この間、藤原氏の意に背《そむ》く者は、ことごとく抹殺されていったのである。

そして、大伴旅人や山上憶良は、歌を通じて、ささやかな抵抗を試みたのである。また、旅人の子の家持《やかもち》も、同様であった。

『万葉集』の時代が山上憶良や大伴旅人、家持の代で幕を閉じるのは、彼らが藤原氏独裁体制の完成期に、苦汁《くじゅう》をなめ、歌の中に真実の歴史を残そうとしたからではあるまいか。

第三章　石川女郎と大津皇子の謎

『万葉集』とヤマトへの郷愁

『万葉集《まんようしゅう》』と聞くと、どこか牧歌的《ぼっかてき》なイメージがつきまとう。歴史書には登場しない、古代の人々の息づかいが、『万葉集』からは聞こえてくるのは確かなことだ。

たとえば、筆者お気に入りの志貴皇子《しきのみこ》（天智《てんぢ》天皇の子。今上《きんじょう》天皇の御先祖様にあたる）の歌に、次のようなものがある。

采女《うねめ》の袖　吹き返す　明日香風《あすかかぜ》　京《みやこ》を遠み　いたづらに吹く（巻一―五一）

この歌は、飛鳥《あすか》から都が新益京《あらましのみやこ》に移ったのちに作られたもので、「采女の袖」「明日香風」のフレーズだけでも、匂《にお》い立つような映像が湧き上がる。われわれの持つ飛鳥のイメージにぴったりと合った、優雅で気品のある作品である。

志貴皇子の歌を、もうひとつ挙げておこう。

葦辺行《あしへゆ》く　鴨《かも》の羽《は》がひに　霜《しも》降りて　寒き夕《ゆふへ》は　大和《やまと》し思ほゆ（六四）

葦辺を行く鴨の羽に霜が降る寒い夕方には、ヤマトが偲《しの》ばれる、という歌である。

志貴皇子が難波《なにわ》に赴《おもむ》いていた時に、故郷を思い出した歌である。長期の滞在ではなかったが、それでもヤマトが恋しくてたまらないというのである。

『万葉集』を彩《いろど》るのは、ヤマトの景色である。

四方を山に囲まれ、原始の草原が広がっていたであろう古代のヤマトは、桃源《とうげん》郷《きょう》のような美しさを湛《たた》え、神の宿る地として崇《あが》められ、郷愁を誘う地だった。

万葉歌のすべてがヤマトにまつわるものではない。けれども、ヤマトに都が置かれた時代の空気が、「萬葉集の背景」に横たわり、われわれはそこに憧《あこが》れるのである。

これは『万葉集』ではないが、『古事記《こじき》』にはヤマトへの帰還を夢みながら、旅の空に散ったヤマトタケルの次の歌が残されている。

ヤマトを代表する霊山・三輪山

倭《やまと》は　国のまほろば　たたなづく　青垣《あおがき》
山隠《やまごも》れる　倭しうるはし

ヤマトは国の中心で四方を青垣（山）に囲まれたすばらしい地だ、と歌い上げている。ヤマトを舞台にした秀歌は、いくつも挙げることができる。

味酒《うまさけ》　三輪《みわ》の山　あをによし　奈良の山の山の際《ま》に　い隠るまで　道の隈《くま》　い積るまでに　つばらにも　見つつ行かむを　しばしばも　見放《さ》けむ山を　情《こころ》なく　雲の　隠《かく》さふべしや（巻一―一七）

味酒は三輪の、あをによしは奈良の枕詞《まくらことば》だ。この歌は、天智六年（六六七）に都が飛鳥から近江《おうみ》に移された時の歌で、額田王《ぬかたのおおきみ》の作という。三輪山《みわやま》はヤマトを代表する霊山だ。奈良の山並みに隠れてしまう前に、一目三輪山の姿を焼きつけておこうとした額田王は、三輪山が雲に隠れてしまうことを、「無情だ」と嘆いている。

これには反歌がそえられる。

三輪山を　しかも隠すか　雲だにも　情《こころ》あらなも　隠さふべしや（一八）

内容は、先の歌の反復である。ヤマトのシンボル三輪山への強烈な愛着がみてとれる。また、ヤマトを捨て、近江に移らねばならぬことに対する抵抗の意志が、ここには秘められている。

幻想的な「かぎろひ」の歌

柿本人麻呂《かきのもとのひとまろ》の描いた阿騎野《あきの》にまつわる歌も、幻想的である。その中でも、次の一首が秀逸だ。

東《ひむがし》の　野《の》にかぎろひの　立つ見えて　かへり見すれば　月傾《かたぶ》きぬ（巻一―四八）

この歌は、珂瑠《かるの》（軽）皇子《みこ》（のちの文武《もんむ》天皇）が阿騎野（奈良県宇陀《うだ》市大宇陀）に狩猟に出かけ野宿した時、明け方東の空に「かぎろひ」がたち、ふとふり返ると、西の空に月が傾いていた、という歌である。

ここにある「かぎろひ」は、日の出の直前、光の屈折によって生まれる赤紫の曙光《しょくこう》を指している。この歌がさらに引き立つのは、二首ほど前に、次の歌が詠《うた》われているからだ。

安騎《あき》の野に　宿る旅人《たびひと》　うちなびき　眠《い》も寝《ぬ》らめやも　古《いにしへ》思《おも》ふに（四六）

阿騎野に宿した人々は、寝られなかったという。それはなぜかと言えば、昔のことが懐かしくてならないからだというのである。

阿騎野は、珂瑠皇子の父・草壁皇子《くさかべのみこ》（日並皇子《ひなみしのみこ》）の思い出の場所なのである。そのことは、この後に出てくる歌から判明する。

日並《ひなみし》の　皇子《みこ》の尊《みこと》の　馬並《な》めて　み狩《かり》立たしし　時は来《き》向かふ（四九）

草壁皇子が馬を並べて狩りをなされたその時刻が、間もなくやってくる、というのである。

ちなみに、先の「かぎろひの歌」から、阿騎野の野宿が、いつのことか、天文学的に確定されている。すなわち、日の出の直前に月が西に沈んでいったのは、持統《じとう》六年（六九二）十一月三十一日（旧暦十一月十七日）の午前五時五十分だったという。これは、草壁皇子の死から三年後のことである。

即位直前、道半ばで倒れた草壁皇子の悲運を、誰もが嘆かずにはいられなかったのだろう。皇子が亡くなられて三年、その面影は、いまだ皆の心の中に焼きついたままであったに違いない。そして、かぎろひの美しさと、皇子の悲しみが、強いコントラストで映《は》えるのである。

このように、『万葉集』はヤマトの風光、ヤマトの歴史に深く根ざしている。だからこそ、『万葉集』は、現代に至っても、忘れ去られずに愛されているのである。

なまめかしい歌の数々

『万葉集』には、なまめかしい恋の歌も多い。

たとえば『万葉集』巻十六―三八二二には、ドキッとさせられる。

橘《たちばな》の　寺の長屋《ながや》に　我《わ》が率寝《ゐね》し　童女放《うなゐはな》りは　髪上《かみあ》げつらむか

橘寺《たちばなでら》と言えば、聖徳太子生誕の地とも伝えられる飛鳥の寺だ。その由緒正しい寺の長屋で、作者は童女《どうじょ》と寝たと言い、「あの童女は、今ごろ髪をあげただろうか（成人しただろうか）」と言う。

名歌とは思えないし、きわどい歌詞で「僧の女犯《にょぼん》」という可能性もあるが、「こんな歌も詠われたのか」と、興味はそそられる。われわれが想像する以上に、性におおらかな時代だった。

さらになまめかしい、次のような歌群もある。それは、巻二―一二六から一二八の歌で、石川女郎《いしかわのいらつめ》（伝不詳。石川郎女とも。原文以外の箇所では石川女郎に統一）と大伴宿禰《おおとものすくね》田主《たぬし》の恋のやりとりだ。大伴田主は大伴安麻呂《やすまろ》の子。大伴安麻呂は大伴長徳《ながとこ》の子で、大伴旅人《たびと》の父。したがって、大伴田主は大伴旅人の弟に当たる。

ただし、『日本書紀《にほんしょき》』や『続日本紀《しょくにほんぎ》』は、大伴田主の行動や活躍を、一切記録していない。では、大伴田主がまったく無意味な人間だったのかというと、それは簡単には決めることができない。万葉歌人として名高い柿本人麻呂も、正史は無視している。宮廷歌人として活躍したが、政治的には影響力を持たなかったということになりそうだが、そうではなく、活躍したからこそ、史書から抹殺されたのではないか、とする考えもある。したがって、大伴旅人の弟の大伴田主を無視することはできない。

それはともかく、ここでは歌に注目してみよう。まず、石川女郎が大伴田主に次の歌を贈っている。

みやびをと　我《われ》は聞けるを　やど貸《か》さず　我を帰せり　おそのみやびを（一二六）

歌の意味はこうだ。あなたは風流人と聞いていましたのに、私に宿を貸さずに帰してしまったのは、間抜けなことですね。

この歌の左註には、次のような長い説明がある。

大伴田主は字《あざな》を仲郎《ちゅうろう》という（次男だから）。容姿端麗、風流人で、見る人はみな嘆息したという（もてたわけだ）。時に、石川女郎なるものがいた。大伴田主と共に暮らしてみたいと思い、独り寝のつらさを嘆いていた。恋文を渡そうと思ったが、伝手《つて》がない。そこで、賤《いや》しい嫗《おうな》（老婆《ろうば》）に身をやつし、土鍋を携《たずさ》えて、大伴田主の寝所を訪ねた。足をふらつかせ戸を叩《たた》き、嫗の声で「近所の貧しい女が、火（火種）をいただきたくやってきました」と告げた。暗く、また石川女郎が被《かぶ》り物をしていたから、大伴田主は石川女郎の気持ちを理解できず、そのまま希望どおり火を取らせ、帰らせてしまった。翌日、石川女郎は、はしたないことをしたと恥じ、目的が果たせなかったことを恨んだ。そこで石川女郎は、この歌を作って、冗談にしてしまったというのである。

この左註に続いて、大伴田主の返事の歌が記される。

みやびをに　我《われ》はありけり　やど貸《か》さず　帰《かへ》しし我ぞ　みやびをにはある（一二七）

石川女郎を泊めずに追い返した私こそ、風流人なのだ、という。

これを受けて、石川女郎は、次のように詠う。

我《わ》が聞きし　耳によく似る　葦《あし》の末《うれ》の　足ひく我《わ》が背《せ》　つとめたぶべし（一二八）

噂どおりでしたわ。葦の葉先のように柔《やわ》な脚の病のあなたは。しっかりしてくださいな。

ここにも短い左註があって、大伴田主には脚の病があって、歌を贈って見舞ったのだ、とある。けれども、この左註を素直に受け入れるわけにはいかない。皮肉を感じずにはいられないからだ。石川女郎の話は、はたして単純な恋愛話なのだろうか。

やり手だった石川女郎

とにもかくにも、歌群の流れを要約すると、石川女郎は風流な美男子に求愛し、断られていたことになる。

古代の女性は積極的だと、この程度で感心している場合ではない。石川女郎なる女人、かなりのやり手である。

『万葉集』巻二―九六から一〇〇までの歌群は「久米禅師《くめのぜんじ》が石川郎女《いしかはのいらつめ》を娉《よば》ふ時の歌五首」で、石川女郎と久米禅師（伝未詳）なる人物のやりとりが残される。ちなみにこの場面、時代は天智朝にあたる。

まず、久米禅師が次のように告げる。

み薦刈《こもか》る　信濃《しなぬ》の真弓《まゆみ》　我《わ》が引かば　うま人《ひと》さびて　否《いな》と言はむかも（九六）

みこもを刈る信濃の弓を引くように、あなたの気を引いたら、貴人ぶって「いや」と言うことでしょうね、という。すると、石川女郎は答えて次のように歌う。

み薦刈る　信濃の真弓　引かずして　強作留わざを　知るといはなくに（九七）

信濃の弓を引いてみもせず、引きもしないで弦を弓にかけるやり方を知ることはできません……。つまり、これは、「柔肌に触れもしないで」と、誘惑しているのである。誘惑という言葉がふさわしくなければ、久米禅師の誘いに乗った素振《そぶ》りを見せていることになる。ただし、石川女郎はしたたかだ。次の歌を続ける。

梓弓《あづさゆみ》　引かばまにまに　寄らめども　後《のち》の心を　知りかてぬかも（九八）

梓弓を引いて私の気を引くのであれば、あなたに従いますが、その後の心変わりが不安です。

するとと久米禅師は、すかさず答える。

梓弓《あづきゆみ》　弦緒《つちを》取《と》りはけ　引く人は　後《のち》の心を　知る人そ引く（九九）

梓弓を引く人は、後の心が変わらぬと分かっている人が引くものです、と保証した。そのうえで久米禅師は、次の歌を歌った。

東人《あづまと》の　荷向《のさき》の箱の　荷《に》の緒《を》にも　妹《いも》は心に　乗りにけるかも（一〇〇）

東国の人の貢物《みつぎもの》を入れた箱の緒のように、妹《いも》（石川女郎）はしっかりと私の心に乗っているなあ……。久米禅師の喜びが伝わってくるようである。

石川女郎の恋にまつわる歌は、これだけではない。

時代を超えて登場する恋多き女

時代は天智朝から持統朝へ飛ぶ。天武《てんむ》天皇が崩御《ほうぎょ》した直後のことだ。『万葉集』巻二―一〇七から一一〇も、石川女郎（石川郎女）にまつわる歌群である。順番に追っていこう。

まず、「大津皇子《おほつのみこ》、石川郎女に贈る御歌《みうた》一首」だ。

あしひきの　山のしづくに　妹《いも》待つと　我《われ》立ち濡《ぬ》れぬ　山のしづくに（一〇七）

妹（石川女郎）を待っていると、山のしずくに濡れてしまった、という内容だ。

これに対し、「石川郎女、和《こた》へ奉《まつ》る歌一首」が次の歌だ。

我《あ》を待つと　君が濡れけむ　あしひきの　山のしづくに　ならましものを（一〇八）

私を待っていて、あなたが濡れたという山のしずくに、私がなれるのならなりたかった。

行き違いだったのだろうか。けれども、二人は逢瀬《おうせ》を重ねたようだ。次の巻二―一〇九の歌は、大津皇子が密《ひそ》かに石川女郎に会った時、津守連通《つもりのむらじとおる》がそのことを占《うらな》い、露顕したので、作った歌だという。ここに登場する津守連通は、当時有数の陰陽師《おんみょうじ》である。

津守連通はこののち和銅《わどう》七年（七一四）にようやく正七位上《しょうしちいじょう》から従五位下《じゅごいげ》に昇進し、養老《ようろう》五年（七二一）正月に、陰陽の学に秀《ひい》でていることを褒《ほ》められている。したがって、大津皇子の時代は、下級役人であり、なぜこのような人物が、大津皇子にからんでくるのか、大きな謎を生む。

大船《おほぶね》の　津守が占《うら》に　告《の》らむとは　まさしに知りて　我《わ》が二人寝《ふたりね》し（二―一〇九）

津守の占いに出ることは承知のうえで、二人は寝たのだ、という。

陰陽道といえども、二人が寝たことを推測することは不可能という考えから、津守連通は、大津皇子の周辺に密偵を忍ばせていたのではないかとする説もある（吉永登『万葉　文学と歴史のあいだ』創元社）。

話は奇妙なことになってきた。二人の逢瀬は、禁じられた恋だったのだろうか。どうやら石川女郎は、草壁皇子（日並皇子）の愛人だったようである。

それが分かるのは、この歌に続いて、次の日並皇子が石川女郎に贈った歌があるからだ。

大名《おほな》児《こ》を　彼方《をちかた》野辺《のへ》に　刈《か》る草《かや》の　束《つか》の間《あひだ》も　我《われ》忘れめや（一一〇）

大名児（石川女郎）を、あちらの野辺で刈っている草（萱《かや》）の一束の束の間でも忘れるものか。

大津皇子と石川女郎の逢瀬が露顕し、草壁皇子は石川女郎への思いを、一層募らせたのだろうか。

草壁皇子は天武天皇と持統天皇の間の御子《みこ》で、大津皇子とは腹違いの兄弟である。草壁皇子は皇太子であり、かたや大津皇子は、実力、人気を兼ね備えた、最大のライバルであった。したがって、石川女郎は、二股をかけてはいけない二人の男と関係を持ったことになる。

やはり、石川女郎は、恋多き女である。

先述の、石川女郎と大伴田主のやりとりの次に、「大津皇子《おほつのみこ》の宮の侍《まかたち》石川女郎、大伴宿禰宿奈麿《おほとものすくねすくなまろ》に贈《おく》る歌一首」がある。ここで、石川女郎は大津皇子の侍女《じじょ》になったとある。大伴宿禰宿奈麿は、大伴安麻呂の子だ。

古《ふ》りにし　嫗《おみな》にしてや　かくばかり　恋《こひ》に沈まぬ　手童《たわらは》のごと（一二九）

年をとってしまい、老婆になってしまったが、子供のように恋に溺《おぼ》れてしまうものだろうか、というのである。こうなってくると、色情狂のにおいさえ、漂ってくるのである。

これは、いったい何だろう。

恋多き女人《にょにん》の万葉歌は、ここから先、恐ろしい古代の裏側を、えぐり出していく。牧歌的という印象の強い『万葉集』の、本当の姿は、石川女郎の姿を通して、次第に明らかになっていくのである。

『万葉集』は単なる文学作品ではない

通説は、「石川女郎（石川郎女）」は、ひとりの人物ではない、とする。それは当然のことで、天智天皇の時代と大伴田主の時代では、時間の開きが大きすぎる。しかしその一方で、『万葉集』に登場する「石川女郎」は、「多くの男性に誘いをかける」という同じ属性を持つ。

通説の言うとおり、石川女郎は一個人の名ではないことは確かにしても、おそらく、「隠語」なのである。これを、「暗号」と呼ぶのは恥ずかしいぐらいだ。古代人ならば誰もが「あの人たちを指しているのだな」と、すぐに思い当たる、分かりやすい「暗示」に他なるまい。

結論を先に言ってしまえば、「石川は蘇我《そが》の別名」なのだから、石川女郎が必死になって男どもを誘惑していたのは、「蘇我氏が復権を目論《もくろ》んで、暗躍していた」という話を意味していたと察しがつく。

つまり、実際には「石川女郎」が歌ったわけでもない「誰かの歌」を、『万葉集』の編纂《へんさん》者はあえて「これらは石川女郎の歌」と設定することによって、『日本書紀』から消し去られた歴史の裏側を暴露していたのである。

それにも関わらず、『万葉集』編纂者の意図を現代人が見のがしてきたのは、『万葉集』について、大きな誤解があったからである。

これまでの常識は、「『万葉集』は文学作品」であった。

たとえば『日本古典文学大系4　萬葉集　一』(岩波書店)の巻頭の解説は、次のように始まる。

万葉集という歌集は、とにかくわれわれが、無条件にたのしめる文化遺産である。これは万葉集解説の第一条でなくてはなるまい。

そのうえで、どのように楽しめるのか、どこが楽しいのか、について、次のように続ける。

私はそれをこの古代の持つ、或る勃興的な或いは意欲的なエネルギーにあると思う。

と述べ、『万葉集』の時代、支配者が律令制度を整え、民衆はこれを受け入れ、あるいは反発するなど、政治的な動きはあったにしても、『万葉集』の魅力は、「そのエネルギーによってわれわれをつき動かすのである」と結論づけるのである。

確かに、『万葉集』の歌それぞれは、闊達《かったつ》で開放的な古代の息吹《いぶき》を今に伝えている。だがその一方で、『万葉集』がこの時代の秀歌を集めるためだけに作られたのかというと、大いに疑問を抱くのである。

『万葉集』は何を目的に編纂されたのだろう。歴史書（正史）編纂のために、資料が集められたのだろうとする説、宮廷の大歌を集めるためなどの説がある。これらの考えを証明するために、次のような『古今和歌集《こきんわかしゅう》』の序文が、よく引き合いに出される。

古《いにしへ》の世々の帝《みかど》、春の花の朝《あした》、秋の月の夜《よ》ごとに、さぶらふ人々を召して、事《こと》につけつつ歌を奉らしめ給ふ。あるは花をそふとてたよりなき所にまどひ、あるは月を思ふとてしるべなき闇《やみ》にたどれる心々を見たまひて、賢《さか》し愚《おろ》かなりとしろしめしけむ。

ここに、宮廷を中心に歌が生まれ、その秀歌を集めていく気運の高まりが述べられている。

『日本古典文学全集2　萬葉集　一』（小学館）の解説には、『日本書紀』や『古事記』、『風土記《ふどき》』などの散文の編纂物が誕生していた時代、韻文《いんぶん》（歌や詩）の編纂も要求されたであろうとある。そのうえで、次のように述べる。

書名「万葉」の名義の意味のように、万代への流伝を願うものであり、しかも、それが歌集という文学集を意識し、二十巻の成書として公表するためには、編集組織など外来の詩集の編纂方法を参考にしたことは分明である。『万葉集』は弘仁《こうにん》期における「文学経国時代」のさきがけとして、歌との別れを惜しむ総決算であった。

やはり、これらの発想は、「『万葉集』は文学」というこれまでの常識から離れられないでいる。

その一方で、少し異なる指摘もある。辻憲男は『万葉集を学ぶ人のために』（中西進編　世界思想社）の中で、次のように述べる。

巻一、巻二あたりでも、資料的な偏りが大分あるんじゃないかと思うのですけども。一番初めの額田王などの出てくるところでも、当然記録されて残っているべきもの、公で撰んだのだったら資料として残っているはずのものが載ってないですよね。ある部分は額田王の歌ばかりが並んでいて、同時に作られたはずの天智天皇の歌が少ないし、巻一と巻二を比べてもずいぶんバランスがとれていない。

この指摘は、重要な意味を持っている。『万葉集』編者は、公平、公正に歌を選んでいたわけではなかったのではあるまいか。恣意的《しいてき》に意図的に歌を削り、歌を選び並べていた可能性が高い。そして問題は、何を目的に取捨選択していたのか、ということである。

これにつけ加えれば、額田王や柿本人麻呂、山上憶良《やまのうえのおくら》など、『万葉集』に多くの歌を残した歌人たちの活躍を、正史がほとんど記録していないことなのだ。これはいったい何を意味しているのか。

「それは、偶然にすぎない」と、反論されるかもしれない。けれども、先述した石川女郎の歌群を見ても、『万葉集』の政治性を強く感じずにはいられないのである。

大津皇子は石川女郎にうつつを抜かしていたのか

石川女郎（石川郎女）をめぐる問題点は、二つある。

まず第一に、通説は、久米禅師、草壁皇子、大津皇子、大伴田主、大伴宿奈麿らと恋に落ちる「石川郎女」「石川女郎」は、同一人物とは限らないと疑う。その正体が、杳《よう》としてつかめないからだ。

そして第二に、石川女郎が大津皇子の謀反《むほん》事件と、何らかの関わりを持っていたと考えられることである。

そこでまず、第二の問題から考えてみよう。

注目してみたいのは、「歌の配列」である。

巻二―一〇八から一一〇の歌は、大津皇子と石川女郎が津守の占いで露顕することを承知で関係を持ったという話、そして、石川女郎を愛していた草壁皇子の「決してあなたを忘れない」という歌の三首である。

これらの歌は、「藤原宮《ふじはらのみや》に天《あめ》の下《した》知らしめしし高天原広野姫天皇《たかまのはらひろのひめのすめらみこと》の代」のカテゴリーに含まれる。要するに、持統天皇の時代に歌われたと、『万葉集』はいう。

大津皇子は父・天武天皇の崩御の直後に謀反の疑いをかけられ、捕縛《ほばく》後刑死している。天武天皇の崩御が朱鳥《あかみとり》元年（六八六）九月。大津皇子はその翌月に亡くなっている。したがって、大津皇子と石川女郎のやりとりは、大津皇子の謀反事件の直前、あるいは最中の出来事ということになる。

『万葉集』には、この三首の直前に、「大津皇子《おほつのみこ》、窃《ひそ》かに伊勢神宮《いせのかむみや》に下《くだ》りて上《のぼ》り来る時に、大伯皇女《おほくのひめみこ》の作らす歌二首」を採《と》り上げている。

我《わ》が背子《せこ》を　大和《やまと》へ遣《や》ると　さ夜《よ》ふけて　暁露《あかときつゆ》に　我《あ》が立ち濡《ぬ》れし（一〇五）

（大意）弟（大津皇子）をヤマトに帰しやるために見送ってたたずんでいると、夜は更け、露に濡れてしまったことだ……。

二人行《ふたりゆ》けど　行き過ぎ難《がた》き　秋山を　いかにか君が　ひとり越ゆらむ（一〇六）

（大意）二人で行っても大変な秋山を、どうやってあの人は越えているのだろう……。

というのである。

ここに登場する大伯皇女《おおくのひめみこ》（大来皇女《おおくの》）は、大津皇子の姉で、斎王《さいおう》として伊勢斎宮《いせさいくう》に詰めていた人物だ。『万葉集』は、この大津皇子の伊勢行きを、「窃かに」といい、隠密行動であったことを示している。それはそうだろう。ちょうどこのころ、都では、天武天皇の殯宮《もがりのみや》が営まれていたはずなのだ。

『日本書紀』天武十二年（六八三）二月の条には、大津皇子が「朝政《まつりごと》を聴《きこ》しめす」とあり、政治の中枢に位置していたことが分かる。その大津皇子が、なぜ大切な殯宮を抜け出し、密かに伊勢に向かったのだろう。

そして、この前後に、大津皇子と石川女郎は逢瀬をし、うつつを抜かしていたと、『万葉集』はいう。

この話、どうにも引っかかる。大津皇子は「ぼんくら」ではないからだ。『日本書紀』は、次のような人物評を載せる。

大津皇子は天武天皇の第三子で、容止墻岸《ようししょうがん》（立ち居振る舞いが際立っている）、音辞俊朗《おんじしゅんろう》（言葉が優れ、明晰）だったという。幼い頃は天智天皇にも愛され、成長するにおよんで、学才に秀でていた。詩賦《しふ》のおこりは大津皇子に求められる、という。

日本で最初の漢詩集『懐風藻《かいふうそう》』にも、次のようにある。

大津皇子の容姿は大きく立派で、器宇峻遠《きうしゅんえん》（度量が深い）だった。幼い頃から学問に精通し、大人になってからは武芸を好み、剣の腕前も人並み以上であったという。小さなことにこだわらず（性頗る《せいすこぶる》放蕩《ほうたう》にして、法度《はふど》に拘《かかは》れず）、腰を低くし礼節をもって人々に接したため、多くの者たちが付き従っていたというのである。

これに対し、大津皇子のライバル・草壁皇子は、病弱で宮中の人気は低かった。それにも関わらず、皇太子の地位を射止められたのは、母・鸕野讃良皇女《うののさらのひめみこ》が、天武天皇の正妃《せいひ》（皇后）だったからということになる。

ちなみに、大津皇子と大伯皇女の母・大田皇女《おおたのひめみこ》は、すでに亡くなっていた。

大津・草壁の関係略図

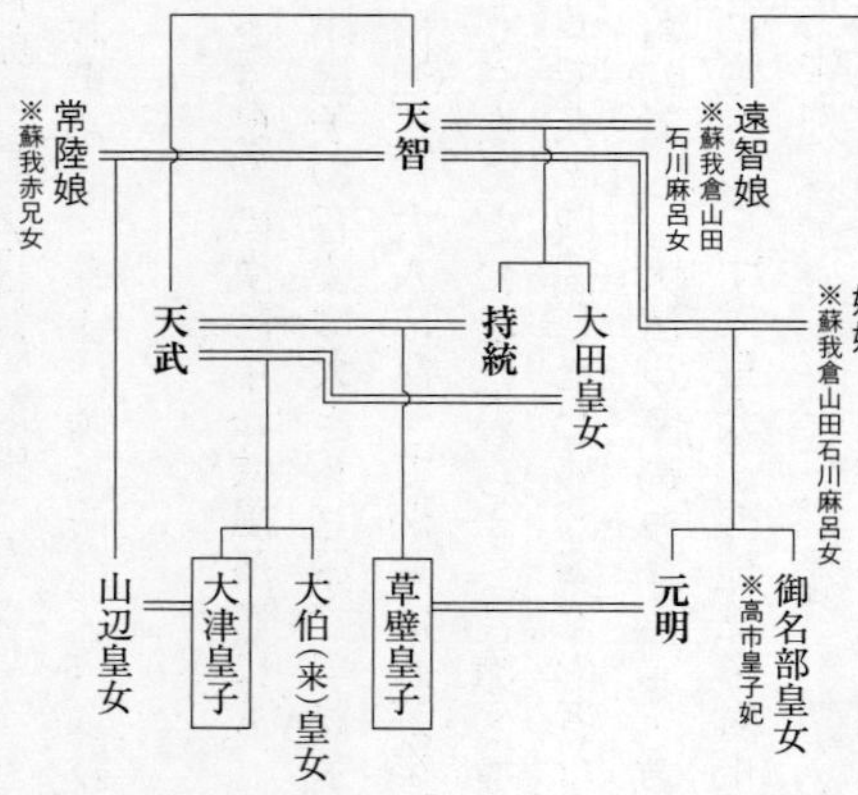

さらに余談ながら、『懐風藻』は大津皇子を指して「太子」と呼んでいる。「太子」は皇太子の意味であり、漢字の一文字一文字を大切にする漢詩集の中で、大津皇子を「太子」と断定している意味は、とてつもなく大きい。ひょっとすると、『日本書紀』の記述とは裏腹に、大津皇子は実際には皇太子だったのではないかと、筆者は疑っている。

それはともかく、人望をあつめ、才覚に秀でていた大津皇子が、なぜ天武天皇の殯宮を抜け出し伊勢に向かい、さらに、石川女郎とたわむれていたのだろう。

通説は、石川女郎と大津皇子の恋について、『万葉集』の歌から、「草壁皇子の恋人（あるいは妻）を寝取った」と素直に解釈しているようだ。

直木孝次郎は『直木孝次郎古代を語る12　万葉集と歌人たち』（吉川弘文館）の中で、大宝律《たいほうりつ》に記された「姦通《かんつう》」にまつわる罰則の規定を挙げて、「一般の公民の場合でも、ただではすまない」と言い、さらに、次のように述べる。

ただし天武朝には律が存しなかったし、大津の身分が高いこともあって、処罰はまぬがれたのであろうが、大津にとってはこの事件はむろんマイナスで、鸕野の監視の眼はますますきびしくなったであろう。

しかし、どうにも釈然としない。石川女郎は、実在の人物なのだろうか……。なぜこのような疑念を掲げるかというと、謀反を企《くわだ》てて捕縛される直前、頭脳明晰な大津皇子が、危険を冒《おか》してまで、恋にうつつを抜かしていたという話、にわかには信じられないからである。

「石川女郎」は蘇我氏の隠語

『日本書紀』の態度も不可解だ。鸕野讃良皇女や草壁皇子にとって許し難く、謀反の証拠のひとつにもなりかねない不祥事を、なぜ『日本書紀』は無視しているのだろう。しかも『日本書紀』は、大津皇子謀反の証拠をひとつも掲げていない。なぜ弁解の余地のない格好の材料を、『日本書紀』は無視したのか。どうしても納得できないのである。

それだけではない。すでに触れたように、石川女郎は正体不明の女人だが、八世紀以降、蘇我氏は「石川」を名乗るのだから、この女人は、「蘇我系の誰か」だったことを暗示している。

そこで、石川女郎に注目すると、興味深い事実が浮かび上がってくる。石川女郎は、天智天皇の御代《みよ》、久米禅師なる者から、

「私のような賤しいものを、相手にしてくれるだろうか」

と言い寄られていた。さらに、大津皇子とは相思相愛、その後、大伴田主らに対

し、石川女郎は誘いをかけるという行為に出ている。

この、「最初はモテモテ」「中間は相思相愛」「最後は振られる」という話は、「天智朝」→「天武朝から持統朝への転換期」→「持統朝以降」の話で、それぞれの時代背景を考えれば、「石川女郎の存在感」「石川女郎の置かれた状況」は、「蘇我氏のそれ」とよく似ていることに気づかされる。

ここで、蘇我氏の盛衰と政権の移ろいについて、簡単に触れておこう。

後にふたたび触れるように、白村江《はくそんこう》の戦い（六六三年）の敗戦後、天智天皇（中大兄皇子《なかのおおえのみこ》）の権威は著《いちじる》しく低下していて、政権運営に批判的な声が巷《ちまた》にあふれていた。そこでやむなく天智天皇は、蘇我系豪族に頭を下げて政権に参画《さんかく》してもらっていた疑いが強かった。この図式は、久米禅師の立場に似ている。

次に天武天皇は、蘇我系豪族と相思相愛で、これは大津皇子と石川女郎の関係と重なっていく。ところが天武天皇の崩御、大津皇子の刑死の後、藤原氏が台頭し、蘇我系豪族は没落していく。そして、最後に藤原氏に抵抗していくのが、大伴氏だった。石川女郎が必死に大伴氏に求愛していた歌を深読みすれば、衰弱した蘇我氏が大伴氏を頼ったということに通じる。

したがって「恋多き石川女郎」という話は、『万葉集』編者の作為的な設定ではないかと思えてくる。

ここでひとつの仮説が浮かび上がってくる。すなわち、「石川女郎」は、「石川という名の女人」なのではなく、「石川＝蘇我氏」の隠語であり、「石川女郎の歌」は、本当に石川女郎なる女人と大津皇子や大伴田主らとの間に交わされたものであったかどうか、実に怪しい、ということである。

もっと分かりやすく言えば、この時代の裏側の真相を後の世に伝えるべく、『万葉集』編者は、石川女郎という亡霊を用意し、『日本書紀』によって抹殺されてしまった政局の流転を、物語として書き残そうとしていた、ということである。

大津皇子謀反事件のいきさつ

謎めく石川女郎の正体を明かし、『万葉集』編者の意図を汲《く》み取るためにも、ここで『日本書紀』に記された、大津皇子の謀反事件のいきさつを追ってみよう。

実を言うと、『日本書紀』は石川女郎だけではなく、大津皇子謀反事件についてあまり多くを語らない。

天武天皇の崩御は九月九日。十一日には殯宮が建てられ、二十四日に殯を行なったとあり、この文章に続いて、大津皇子が皇太子（草壁皇子、日並皇子）に対し、謀反を企てたとある。ただし、具体的にどのような事件が勃発《ぼっぱつ》したのか、何も記されていない。

そしてこの後、二十七日の記事に続き、大海宿禰《おおあまのすくね》蒭蒲《あらかま》らが誄《しのびごと》をしたとある。

巻が移り、持統称制前紀《しょうせいぜんき》には、冬十月二日、大津皇子の謀反が発覚したと記される。大津皇子を逮捕し、大津皇子に欺《あざむ》かれた（謀反に連座した）八口朝臣音橿《やくちのあそみおとかし》、壱伎《いきの》（伊吉）連博徳《むらじはかとこ》、中臣朝臣臣麻呂《なかとみのあそみおみまろ》、巨勢朝臣多益須《こせのあそみたやす》、新羅沙門行心《しらきのしゃもんこうじん》、礪杵道作《ときのみちつくり》ら、三十余名が捕らえられた。

翌三日、大津皇子は訳語田《おさた》の家で死を賜《たまわ》った。時に二十四歳。妃《みめ》の山辺皇女《やまのべのひめみこ》は、髪を振り乱し、素足のまま駆けつけて殉死《じゅんし》した。見る者みなすすり泣いたという。

この記事のあと、先に触れた大津皇子の寸評が載っている。ただし、大津皇子がどのように謀反を企《たくら》み、何をしでかしたのか、何も記されていない。

同月二十九日、詔《みことのり》があった。

「大津皇子は謀反を企《たくら》てた。欺かれた役人、舎人《とねり》はやむをえない。すでに大津皇子は死んだ。連座した従者は、みな許せ。ただし、礪杵道作だけは、伊豆に流せ」

また次の詔で、麤野讃良皇女は寛大な処置を命じる。すなわち、新羅の僧・行心は、謀反に関わったが、処罰するに忍びないとして、飛驒《ひだ》国の寺院に移せと命じた。

そして十一月十六日、伊勢の神を祀《まつ》る大来(大伯)皇女が、都に帰ってきた……。十七日、地震があり、十二月十九日、天武天皇のために無遮大会《むしゃだいえ》(王が施主《せしゅ》となり、人々を供養《くよう》し布施《ふせ》する大会)を、五つの寺で行なった、と続くのである。

謀反事件の詳細を語らないばかりか、連座した者のほとんどが許されたのは、いったいなぜだろう。後に触れるように、奈良時代の謀反事件の場合、『続日本紀』は、謀反人たちの行動を、詳細に語り、謀反の証拠を掲げる。それと比較すれば、大津皇子謀反事件にまつわる記事の異常さに気づかされる。

また、罪を許された者たちが、この後なぜか出世していたことも、謎めく。たとえば壱伎連博徳は、孝徳《こうとく》朝と天智朝で活躍したあと、天武朝で姿を消したが、大津皇子謀反事件の後、律令編纂に尽力している。

天智天皇と天武天皇は犬猿の仲で、鸕野讃良皇女は天武天皇の皇后だが、天智天皇の娘でもあったのだから、伊吉博徳の浮き沈み、妙にひっかかるものがある。『日本書紀』は鸕野讃良（持統天皇）が天武天皇の遺志を継承したと記し、通説もこれを信用する。だが、後に触れるように、これは大きな誤解で、鸕野讃良は夫・天武天皇を裏切り、天智天皇の娘として行動している。その証拠が、藤原不比等《ふじわらのふひと》大抜擢だ。

天智天皇と中臣鎌足《なかとみのかまたり》は強い絆で結ばれ、また二人は、「大海人皇子《おおあまのみこ》（天武天皇）の即位を阻止する」ことに血眼《ちまなこ》になっていた。『懐風藻』には、中臣鎌足が大海人皇子を悪人呼ばわりし、大友皇子《おおとものみこ》の即位を願っていたと記されている。天智天皇と大海人皇子の間にできた溝《みぞ》は埋《う》めがたかった。

すると、鸕野讃良と藤原不比等それぞれの親が、「反大海人皇子派」の天智天皇と中臣鎌足だったことになり、ここに、静かなクーデターが起きていた可能性を高めるのである。

天智朝で活躍した伊吉博徳が天武朝で姿をくらまし、鸕野讃良の時代、藤原不比等とともに頭角を現すのは、鸕野讃良が父・天智天皇の政権を継承したからだろう。

そうなると、大津皇子の謀反に伊吉博徳が関わりを持ち、しかもすぐに罪を許されたという話、陰謀の匂いが立ちこめてくる。

『万葉集』と『懐風藻』が大津皇子を詳しく語る理由

『懐風藻』は、大津皇子謀反事件を別の視点から述べている。

たとえば、新羅の僧・行心の話が詳しく述べられる。行心は、占いや、日・月・星を観て吉凶《きっきょう》を判断することを得意としていたといい、大津皇子の骨相《こっそう》を観て、

「これは人臣《じんしん》の相ではない。このような人相でありながら、久しく臣下《しんか》の位にいたならば、おそらく天寿《てんじゅ》を全《まっと》うできないでしょう」

と述べ、謀反をそそのかしたという。行心の一言に大津皇子は揺り動かされ、謀反を決意したという。

さらに、天智天皇の御子で大津皇子の親友だった河島皇子《かわしまのみこ》の話が出てくる。

河島皇子は心が穏やかで、度量が大きかったと褒《ほ》め、大津皇子と仲が良く、親友の契《ちぎ》りを結んでいたという。ところが、大津皇子が謀反の話を持ちかけた時、河島皇子は与《くみ》せず、朝廷に報告したというのである。

『懐風藻』には、河島皇子の行為を、「忠臣」として褒め、その一方で、大津皇子を諭《さと》すこともせず、筆舌に尽くしがたい苦しみに陥れたことを、他の人と同様、疑わしく思う、と締めるのである。

また、大津皇子の行動について『懐風藻』は、次のようにコメントする。

大津皇子は人並みはずれた才能を活かすこともできず、忠孝を尽くすことなく奸《かん》物《ぶつ》に近づき、ついに死罪を賜《たまわ》るような結果になってしまった。そして、このことは、悔《く》やんでも悔やみきれない、というのである。

ちなみに、くどいようだが、このような事件の詳細を、『日本書紀』は記録していない。

ではなぜ、『日本書紀』は沈黙を守り、『万葉集』や『懐風藻』は、「『日本書紀』には書かれていない裏側」を語りつごうと躍起《やっき》になっていたのだろう。

そこで注目されるのが、「石川女郎」と「相聞歌《そうもんか》」なのである。話は脱線するが、ここで石川女郎と「相聞歌」について、しばらく考えておかなければならない。

『万葉集』巻二の巻頭が磐姫皇后であることの意味

一連の石川女郎の歌は、『万葉集』巻二の「相聞《そうもん》」の部類に入れられている。「相聞」とは、「互いの心を通じ合う歌」ぐらいの意味である。恋人同士や親子が気持ちをやりとりする歌だ。

その、巻二「相聞」最初の歌が、第十六代仁徳《にんとく》天皇の正妃・磐姫皇后《いわのひめのおおきさき》（『日本書紀』には磐之媛命《いわのひめのみこと》とある）が天皇を偲《しの》んで作った歌で始まっている。

磐《いわ》姫皇后は曰く付きの人物で、皇族以外から輩出された「皇后」の唯一の例だった。後に、藤原氏のごり押しで藤原不比等の娘の光明子《こうみょうし》が、聖武《しょうむ》天皇の皇后に冊《さく》立《りつ》（勅命により皇太子・皇后などを正式に定めること）された時、「磐姫皇后という前例があるではないか」と、取り上げられたことでも知られている。

『日本書紀』によれば、磐姫皇后は、当時朝堂を牛耳《ぎゅうじ》っていた葛城《かつらぎの》襲《そ》津《つ》彦《ひこ》の娘で、葛城氏と言えば、武内宿禰の末裔氏族として知られている。

磐姫皇后の歌を、一首紹介しておこう。

君が行き　日長《け》くなりぬ　山尋《やまたづ》ね　迎へか行かむ　待ちにか待たむ（八五）

君（仁徳天皇）のお出ましが減り、山に迎えに行こうかしら、それともここで、待ち焦がれようか、というのである。

『日本書紀』によれば、仁徳天皇は別の女人に懸想《けそう》し、磐姫皇后は嫉妬《しっと》し、山城の筒城《つつき》（京都府京田辺市）に引きこもり、ここで亡くなったとある。

さらにもう一首を。

ありつつも　君をば待たむ　うちなびく　我《あ》が黒髪に　霜の置くまでに（八七）

黒く伸びた髪が白くなるまで（霜の置くまで）待ち続けよう、という。実に切ない歌である。

『万葉集』巻一の巻頭を飾るのは、雄略天皇で、巻二の冒頭を飾るのが磐姫皇后ということになるが、この歌が磐姫皇后によって作られたとは、考えられていない。歌があまりにも整いすぎていて、「古態《こたい》」を感じさせないためだ。

したがって、伝誦歌《でんしょうか》などが磐姫皇后に仮託されたということになるのだが、それを『万葉集』編者が行なったのか、あるいはそれ以前に、「この歌は磐姫皇后の歌」と考えられていたのか、どちらかということになる。

これを判断する証拠は残っていないから、なんとも決めかねるが、ここで問われるのは、『万葉集』編者がこの歌を重視し、巻二の巻頭にもってきた、その理由である。

『日本書紀』の磐姫皇后の説話を読み返すと、万葉歌にある「黒髪に霜の置くまで」というけなげな言葉が、どうにもしっくりこなくなる。

仁徳天皇は八田皇女《やたのひめみこ》に懸想し、迎え入れたいと皇后に申し入れたが、許されなかった。そこで、皇后が都を留守にしている間に、八田皇女を宮中に引き入れてしまったのだ。激怒した磐姫皇后は、都に戻らず、山城に向かってしまう。

この場面で、天皇と皇后は歌のやりとりをするが、決して皇后が天皇を恋い焦がれているという内容ではない。

磐姫皇后ゆかりの地・葛城山山麓をゆく葛城古道　（写真提供：武藤郁子）

磐姫皇后は天皇の浮気を「恨みたまふ」といい、次の歌を残している。

難波人《なにはひと》　鈴船《すずふね》取《と》らせ　腰《こし》なづみ　其《そ》の船《ふね》取《と》らせ　大御船《おほみふね》取れ

難波の船乗りに、綱を取り、腰まで水に浸《つ》かって、さっさとこの船を引いておくれと命じ、天皇のもとから去っていく。ここには、天皇を慕い、待ち焦がれていたというけなげな女人の姿はない。

天皇と皇后の夫婦喧嘩は、一般の男女の不和とは意味合いが違う。皇后位に就いた女人の背後には、政権を動かすほどの力を持った豪族や皇族がひしめいている。天皇が皇后を裏切り、見放すとなれば、「政治そのものが動く」こともあっただろうし、「勢力地図」が塗り替えられる可能性も秘められていたわけである。

したがって、『日本書紀』に記された皇室の「痴話喧嘩」も、軽視することはできないし、記された「歌」にも、「裏」が隠されていることが少なくない。

ならばなぜ、『万葉集』編者は、『日本書紀』の記事と整合性のない、「恋人を慕い待ち焦がれる歌」を、「それは磐姫皇后のもの」と断定し、巻二の「相聞」の巻頭にもってきたのだろう。

歌の内容と配列から浮かび上がる意図

『万葉集』は、ただ漠然と、秀歌を羅列した歌集ではなく、歌の組み合わせ、順番には、意味があったのではないか。そして、極めて政治色の強い歌集なのではあるまいか。

たとえば、磐姫皇后の歌の次にもってきたのは、「近江大津宮《あふみのおほつのみや》に天の下知らしめしし天皇の代（天智朝）」の、天智天皇と鏡王女《かがみのおおきみ》（鏡姫王《おおきみ》）の間に交わされた歌で、さらに、この後内大臣《うちつおおおみ》藤原卿（中臣鎌足）が鏡王女に求婚した時（娉《よば》ふ時）の歌が続いている。

仁徳朝は四世紀、天智朝は七世紀後半、この間、相手に気持ちを伝える「相聞歌」にふさわしい歌が、皆無だったわけではあるまい。それにも関わらず、この「間」「空白の時間」は、いかにも不自然である。

「豪族が生み出した最初の皇后」にまつわる歌をまっ先に提示し、ひとっ飛びに天智朝に移ったのは、『万葉集』の編者が、天智朝以降の「皇族と后妃《こうひ》」「王家と豪族」の暗闘に注目してほしかったからではあるまいか。

そして、磐姫皇后の歌は、天智朝の「嫁選び」の歴史に注目してほしいという、『万葉集』編者の伝言ではなかったか。

天智天皇と妃・鏡王女との間の歌が掲げられ、そのすぐあとに、内大臣藤原卿と鏡王女の歌が載せられるのは、天智天皇が寵妃《ちょうき》を中臣鎌足に譲ったからだろう。

ただし、鏡王女の正体も、よく分かっていない。

『日本書紀』には、天武十二年（六八三）秋七月四日、天武天皇が鏡姫王の家に出向き、病気を見舞ったといい、翌日鏡姫王は亡くなったと記されるだけで、出自や天智天皇との関係は、一切触れられていない。『日本書紀』には、額田王が鏡王《おおきみ》の娘と記されていること、『万葉集』に額田王と鏡王女の唱和《しょうわ》が載せられていることから、鏡姫王も鏡王の娘ではないかとする説がかつては強かった。だがその後、舒明《じょめい》天皇の皇女とする説が、有力視されるようになっている。

『万葉集』に登場する鏡王女の興味深い点は、歌の内容と配列である。

まず、巻二―九一、九二の中で、天智天皇は鏡王女にラブレターを送り、鏡王女は、「あなたが私を思っている以上に、私はあなたを深く思っている」と述べている。

ところが、巻二―九三、九四の歌は、内大臣藤原卿が鏡王女に求婚し、鏡王女がまず奇妙な歌を贈り、これに対し内大臣藤原卿が答えている。

玉くしげ　覆ふをやすみ　明けていなば　君が名はあれど　我《わ》が名し惜《を》しも（九三）

覆《おお》い隠すのは簡単だが、明けてから帰れば、あなたはともかく、私の名が惜しい、というのである。つまり、あなたが泊まっていったら、どんな評判がたつか分かったものではない、というのである。

これに対し、内大臣藤原卿は、次のように歌う。

玉くしげ　みむろの山の　さな葛《かづら》　さ寝《ね》ずは遂《つひ》に　ありかつましじ（九四）

みもろ山のさなかづら（アケビか？）、あなたと寝ずにはいられないでしょう。私には耐えられない、という。

この場面、鏡王女は内大臣藤原卿をじらしているのではないかというのが、一般的な考えである。しかし、本当にそうだろうか。内大臣は、ここで鏡王女に毛嫌いされたように思えてならないのである。

中臣鎌足をこき下ろすための絶妙な配列

そう思う理由は、すぐあとに続く巻二―九五の歌があるからだ。それが、「内大臣藤原卿、采女《うねめ》の安見児《やすみこ》を娶《めと》りし時に作る歌一首」である。

我《あれ》はもや　安見児得《え》たり　皆人《みなひと》の　得かてにすといふ　安見児得たり（九五）

安見児は采女だ。采女とは、地方豪族が娘を朝廷に貢進し、奉仕する下級女官で、その中でも安見児は、別嬪《べっぴん》だったようだ。誰もが憧《あこが》れ、得ることがむずかしく、競争率の高い安見児を、私はこうして得たのだ、と内大臣がはしゃいでいるのである。

この一連の歌は、『万葉集』編者の意図的な配列としか思えない。（1）天智天皇と鏡王女の仲睦《むつ》まじい様子、（2）鏡王女が内大臣に下賜《かし》されたが、内大臣に「娉《よば》」われたことに不快感を表す鏡王女、（3）内大臣は、安見児を得たとはしゃぐ……。最後に内大臣＝中臣鎌足が喜ぶのは、鏡王女に袖にされたから、ということになる。

中臣鎌足と言えば、大化改新《たいかのかいしん》を断行した古代史の英雄である。ところが『万葉集』は、ここで中臣鎌足をコケにしていたのではあるまいか。

安見児は確かに別嬪だったただろう。しかし、采女を手に入れたからといって、政治的な価値が高まるわけではない。男の見栄《みえ》と欲望を満足させるだけの話である。

考えてみれば、中臣鎌足は一介の豪族にすぎない。その中臣鎌足が、皇族の女人＝鏡王女を手に入れることは、特別なことであったろう。だから、鏡王女も歌の中で、「名が惜しい」と言っているのだ。すなわち鏡王女は、「私とあなたでは、身分が違います」「なぜ私が、あなたのような者と結ばれなければならないのでしょう」と、本心をずばりと言ってしまっていたのである。

ここだけ読めば、鏡王女は気位の高い、いやな女である。しかし、『万葉集』の編者は、内大臣＝中臣鎌足が安見児を得て大喜びしている様子をつけ加えることによって、中臣鎌足を批判しているのである。

つまり、巻二─九五の歌を際立たせるために、鏡王女の歌が載せられたと思われる。中臣鎌足は安見児を得ることによって、憂《う》さ晴らしをしていたのであり、「中臣鎌足など、その程度の男」と、『万葉集』の編者は、鼻で笑っていたのだろう。

またその一方で、天皇家の妃、皇族や豪族らの婚姻関係の意味を、後世に知らしめるために、一連の歌が磐姫皇后から始められたことが、これらの歌によって、再確認されているのである。

少なくとも、これまでの男系中心の歴史解釈を、『万葉集』の相聞歌が、「それだけではない」と語っているように思えてならない。「権力闘争は嫁取り合戦でもあった」ことを、『万葉集』編者と万葉歌は、訴えているのである。

くどいようだが、古代社会では、実力を持った人間の娘をもらい受けたものが、発言力を増していったのである。

中臣鎌足の次に石川女郎が登場する真意

実を言うと、中臣鎌足の安見児の次に用意されていた歌が、巻二―九六～一〇〇の、久米禅師と石川女郎の歌だったのだ。ここにも、深い意味が隠されている。

天智天皇と中臣鎌足の一連の歌は、久米禅師と石川女郎の関係が何を意味しているのか、それを暗示するための、仕掛けにすぎなかったのではないかとさえ思えてくる。つまり、氏素性《うじすじょう》も定かではない二人の歌を、天智天皇や中臣鎌足といった、誰もが知る、誰もが英雄と信じて疑わない人たちの次にもってきたところに、『万葉集』編者の創意工夫を感じるのである。

天智天皇と中臣鎌足の鏡王女をめぐる歌のやりとりは、さほど政局に関係したものではなかった。では、天智天皇や中臣鎌足は、「有力者の女人を娶《めと》る」ことにかまけていたかと言えば、そんなことはないだろう。

天智天皇（中大兄皇子）と言えば、乙巳《いっし》の変《へん》、大化改新を断行した、英邁《えいまい》な天皇という印象がある。しかし、母・斉明《さいめい》天皇のもとで実権を握った中大兄皇子は、改革事業を放り投げ、滅亡した百済《くだら》を復興するために、軍団を半島にさし向ける。そして、唐《とう》・新羅《しらぎ》連合軍に圧倒され、大敗北を喫した。これが白村江の戦い（六六三年）で、日本は滅亡の危機を迎えた。以後しばらく、中大兄皇子は、西日本各地に山城を築き、無駄に数年を過ごしたのである。

中大兄皇子が百済救援の準備を進めていた頃、人々は「遠征しても、負けるのは分かっている」と、反発を強めていた気配がある。だから、敗戦によって、中大兄皇子の求心力は低下していた。中大兄皇子が都を近江の大津宮《おおつのみや》に定めたのが天智六年（六六七）三月、即位したのは天智七年（六六八）春正月のことであった。遷都《せんと》にも、不満の声が上がり、不審火が絶《た》えなかったという（是《こ》の時《とき》に天下《あめのした》の百姓《おほみたから》、都

天智天皇の后妃

位	名前	父の名前	皇子・皇女の名前
皇后	**倭姫王**	古人大兄皇子	
嬪	**遠智娘**	蘇我倉山田石川麻呂	大田皇女（天武妃） 鸕野讃良皇女（天武皇后、持統天皇） 建皇子
嬪	**姪娘**	蘇我倉山田石川麻呂	御名部皇女（高市皇子妃） 阿閇皇女（草壁皇子妃、元明天皇）
嬪	**橘娘**	阿倍倉梯麻呂	明日香皇女（忍壁皇子妃？） 新田部皇女（天武妃）
嬪	**常陸娘**	蘇我赤兄	山辺皇女（大津皇子妃）
宮人	**色夫古娘**	忍海造小竜	川嶋皇子、大江皇女（天武妃）、泉皇女
宮人	**黒媛娘**	栗隈首徳万	水主皇女
宮人	**越道君伊羅都売**	？	施基（志貴）皇子
宮人	**宅子娘**	伊賀国造？	大友皇子（弘文天皇）

遷すことを願《ねが》はずして、諷《そ》へ諫《あざむ》く者多《ものおほ》し。童謡《わざうた》亦衆《またおほ》し。日日《ひる》夜夜《よる》、失火《みづながれ》の処多《ところおほ》し)。

都を住み慣れた飛鳥から近江に移したのも、一般にいわれている「交通の便」や「防衛上の処置」というよりも、天智天皇の政策に対する反発が強く、飛鳥の地では安穏としていられなくなったというのが、本当のところだろう。

そこで問題となってくるのが、「誰が人気のない天智天皇を支《ささ》えていたのか」ということである。

『日本書紀』天智七年二月条には、天智天皇の后妃が列記されている。皇后は古《ふる》人大兄皇子《ひとのおおえのみこ》の娘の倭姫王《やまとひめのおおきみ》、嬪《みめ》は以下の四人だ。(1)蘇我倉山田石川麻呂《そがのくらやまだのいしかわのまろ》の娘の遠智娘《おちのいらつめ》（天武妃・大田皇女と鸕野讃良皇女の母）、（2）遠智娘の妹の姪娘《めいのいらつめ》（元明《げんめい》天皇らの母）、（3）阿倍倉梯麻呂《あべのくらはしまろ》の娘・橘娘《たちばなのいらつめ》（天武妃・新田部皇女《にいたべのひめみこ》らの母）、（4）蘇我赤兄《そがのあかえ》の娘常陸娘《ひたちのいらつめ》（大津皇子妃・山辺皇女の母）である。

さらに、四人の「宮人《くにん》（地方豪族の差し出した女官）」を娶り、子をなしている。万葉歌人として名を馳せた施基皇子《しきのみこ》（志貴皇子）や大海人皇子と壬申《じんしん》の乱《らん》を戦う大友皇子、大津皇子の親友・川嶋皇子《かわしまのみこ》（河島皇子）が、これら、宮人の産んだ子で、いわゆる「卑母の出」ということになる。

ここで興味を引かれるのは、上位に位置する皇后と嬪《ひん》の父親が、みな孝徳朝の重鎮だったということである。ちなみに、天智天皇の母は斉明天皇で、斉明天皇の弟が、孝徳天皇だ。孝徳天皇は、中大兄皇子（天智天皇）と中臣鎌足の起こした蘇我本宗家滅亡事件（乙巳の変）の後即位し、大化改新を断行した天皇である。

中大兄皇子の嫁取りは略奪婚

これまでの常識を信じているならば、この「人選」に、何も疑問は浮かばないだろう。しかし、『日本書紀』の記した大化改新の図式を疑い出すと、違和感を覚えずにはいられないのである。

このあたりの事情は、すでに他の拙著の中でも述べてきたので、簡潔にまとめてしまえば、次のようになる。すなわち、乙巳の変は中大兄皇子の蘇我潰《つぶ》しであったが、だからと言って、政権そのものを転覆できたわけではなかった。孝徳天皇は親蘇我派の皇族で、かたや中大兄皇子と中臣鎌足は、孝徳朝では「野党」だったのである。

中大兄皇子と中臣鎌足と言えば、古代版行政改革を推し進めた人というイメージが、『日本書紀』によって固められ、通説もこれを信じて疑わない。しかし、彼らは実際には、反動勢力であり、蘇我氏の推し進めていた改革事業を邪魔立てしたのである。

その証拠に、クーデターを成功させた中大兄皇子は即位できず、孝徳朝における活躍は、皆無と言っても過言ではない。

孝徳朝における中大兄皇子の「功績」と言えば、蘇我系皇族・古人大兄皇子や蘇我倉山田石川麻呂に謀反の濡れ衣を着せ、滅ぼしたことであった。これは、改革派要人に対するテロと読みかえることが可能だ。その挙げ句、中大兄皇子は孝徳天皇の晩年、造営途中の難波宮《なにわのみや》を捨て、飛鳥に遷都することを申し入れている。聞き入れられないとみるや、中大兄皇子は、諸卿《しょきょう》を率《ひき》いて、勝手に飛鳥に移ってしまった。孝徳天皇は孤立し、難波宮で憤死する。

おそらく、改革事業に反発する守旧派豪族の支持を取りつけた中大兄皇子が、改革派の孝徳天皇を捨てたということだろう。

そうなると、なぜ孝徳朝の重鎮の娘たちを、中大兄皇子が娶ることができたのか、大きな謎が生まれる。

これも他の拙著の中で述べたが、天智の嫁取りの多くは略奪婚だったのではないかと、筆者は疑っている。分かりやすいのは、鸕野讃良皇女の母・遠智娘である。『日本書紀』に従えば、乙巳の変の直前、中大兄皇子と中臣鎌足は、「味方を増やさなければ、蘇我入鹿《そがのいるか》暗殺は成就《じょうじゅ》しない」と相談し、蘇我入鹿の従兄弟《いとこ》・蘇我倉山田石川麻呂の娘を娶り、そのうえで蘇我倉山田石川麻呂をこちら側に引き入れようと考えた。ところが、蘇我倉山田石川麻呂の娘は婚礼の直前にさらわれてしまったため、妹の遠智娘が、自ら進んで中大兄皇子のもとに嫁いだという。

この話、信用できない。なぜなら、蘇我倉山田石川麻呂に与えられた役目は、大極殿で蘇我入鹿を殺す時、蘇我入鹿を油断させるために、三韓《さんかん》(朝鮮半島の三国)の上表文を読み上げるというものだ。

しかし、蘇我入鹿暗殺という一大事を、同じ蘇我氏のひとりに漏らすことにはリスクが伴う。蘇我倉山田石川麻呂の与えられた役目が、そのリスクに見合うほどのものであったとは、とても思えない。しかも蘇我倉山田石川麻呂は、「親蘇我政権」孝徳朝の右大臣《うだいじん》に抜擢され、さらに、中大兄皇子らの陰謀によって、滅亡に追い込まれる。

どう考えても、蘇我倉山田石川麻呂は中大兄皇子の敵である。単純な敵ではない。中大兄皇子は蘇我倉山田石川麻呂の生首を塩漬けにし、晒《さら》し者にした可能性が高い。そのうえで、遠智娘の眼前に差し出し、遠智娘は発狂して亡くなる。この仕打ちは、「かつてともに手を携え、蘇我入鹿暗殺を成し遂げた間柄」では決して考えられない。中大兄皇子は、蘇我倉山田石川麻呂を憎んでいたとしか思えない。ありていに言えば、中大兄皇子の行動から、遠智娘に対する愛情を感じることはできないのである。

したがって、遠智娘も、「姉が略奪されたから、身代わりに自分が嫁いだ」のではなく、遠智娘本人が、中大兄皇子らの手で略奪されたのではないかと思えてくるのである。

もちろん、他の「親蘇我派」の后妃たちの運命も、似たり寄ったりであろう。皇后の倭姫王の父・古人大兄皇子も、中大兄皇子の陰謀によって、滅亡している。古人大兄皇子は、『日本書紀』の中で蘇我入鹿の死を唯一嘆き悲しんだ人物であり、中大兄皇子とは敵対していた。

中大兄皇子に嫁いだ皇族は、倭姫王だけで、ここに大きな謎が浮かび上がる。中大兄皇子が『日本書紀』のいうような、「若手のホープ」ならば、なぜ「その他の皇族」が、中大兄皇子の妃にならなかったのだろう。それは、『日本書紀』の証言とは裏腹に、中大兄皇子に人気がなかったからではあるまいか。

天武天皇の場合、皇族の妃は五人いる。額田王を除く四人が、天智天皇の娘であるところに異常性があり、少なくとも「人数」という点に関して言えば、天智天皇とは雲泥《うんでい》の差がある。

皇族が皇族や有力豪族から嫁を娶るのは、権威を持つ者、力を持つ者たちの後押しを受けるためであり、これが政略結婚の意味である。したがって、中大兄皇子がせっかく引き入れた嫁の実家を潰すことは、道理に合わない。しかしこれらの婚姻関係を、「略奪婚」と見なせば、筋が通る。

久米禅師とは人気のない天智朝のことか

不人気、弱い立場は、中臣鎌足も同様である。中臣鎌足が鏡王女に袖にされ、安見児を獲得して有頂天になっているのは、中臣鎌足が「嫌われ者」だったからではあるまいか。それが言い過ぎだとしても、中臣鎌足が『日本書紀』のいうほどの人物であったかというと、実に怪しい。

筆者は、「中臣鎌足＝百済王子・豊璋《ほうしょう》」と考えているが、それは余談にしても、中臣鎌足が腰巾着《こしぎんちゃく》のように、中大兄皇子と常に行動を共にしていたのは、この二人が孤立していたからではないかと思い至る。飛鳥から近江への遷都に人々が敏感に反応し、欺《あざむ》く者、批難する者が後を絶たず、不審火が絶えなかったという『日本書紀』のさり気ない一節が、彼らの本当の立場を暗示しているように思えてならないのである。

そこで注目すべきは、中臣鎌足（内大臣藤原卿）の安見児の歌のすぐ後に連なる、久米禅師と石川女郎の間に交わされた万葉歌なのである。

この中で久米禅師は、「あなたのような貴人が、私のような者を相手にしてくれないでしょうね」と、石川女郎に問いかけ、「チャレンジもしていないのに……」と返していた。この返事を聞き、久米禅師は、「なんだ、石川女郎はすっかり私にぞっこんではないか」と、安堵《あんど》するのである。

興味深いのは、久米禅師や石川女郎、どちらも氏素性が定かではないということ、その一方で、石川女郎の「石川」は、「蘇我」を暗示していることだった。

ひょっとしてこの歌は、人気がなく孤立していた天智政権そのものを歌っていたのではあるまいか。

天智天皇は天智十年（六七一）十二月に崩御するが、この年の春正月、朝廷の人事がようやく固まっている。それによれば、太政大臣《だいじょうだいじん》に大友皇子、左大臣《さだいじん》に蘇我赤兄臣、右大臣に中臣金連《なかとみのかねのむらじ》、御史大夫《ぎょしたいふ》に蘇我果安臣《そがのはたやすのおみ》、巨勢人臣《こせのひとのおみ》、紀大人臣《きのうしのおみ》が任命されている。

この人事の特徴は、大友皇子、中臣金連を除く顔ぶれが、武内宿禰の末裔《まつえい》ということなのだ。すなわち、近江朝の重臣の過半数が、蘇我系豪族だったのである。

いったいなぜ、「蘇我潰し」によって政権を獲得した天智天皇が、蘇我系豪族を重用したのだろう。そしてこの謎は、「なぜ天智天皇は、大海人皇子を皇太子に指名しなければならなかったのか」という問いかけにも通じる。大海人皇子は、親蘇我派の皇族だからである。

たとえば天智天皇崩御ののち、大海人皇子は大友皇子と対立し、兵を挙げて討ち取るが、乱を勝利に導いた原動力は、「近江朝を牛耳《ぎゅうじ》っていた蘇我系豪族」であり、彼らは本来守るべき大友皇子を裏切っている。乱を制した大海人皇子は、すぐさま都を蘇我氏の地盤である飛鳥《あすか》に戻している。

ここに、複雑に絡み合った七世紀後半の政局の「ねじれ」が隠されている。天智と天武の兄弟は、反蘇我派、親蘇我派に分裂していたわけで、しかも、反蘇我派の天智政権は、白村江の敗戦によって権威を失墜し、求心力を失っていたのである。

このため、天智天皇は政敵・蘇我系豪族を懐柔《かいじゅう》し、身内に引き込まなければ、政権を維持することはできなくなっていたのだ。だからこそ、親蘇我派の大海人皇子を皇太子に指名し、蘇我系豪族を取り立てざるを得なかったということになる。

つまり、久米禅師と石川女郎が交わした万葉歌は、困窮した天智政権が「蘇我（石川）」に頭を下げ、妥協の政権が誕生していたことを示していたのである。

『万葉集』が明かす大津皇子の本当の立場

話はつい長くなった。求めていたのは、なぜ『日本書紀』が、大津皇子謀反事件の詳細を語ろうとしなかったのか、その理由である。

そこで石川女郎の相聞歌に注目し、ひとつのヒントが得られた。それは、「石川女郎」が、実在の人物ではなく、「蘇我」の隠語だったということである。

そこで再び大津皇子と石川女郎の歌に注目してみれば、興味深い事実に気づかされる。それは、大津皇子が天武天皇崩御ののち、「石川女郎＝蘇我」と手を結ぼうとしていたことである。その一方で、鸕野讃良皇后の息子・草壁皇子は、必死にラブコールを送りながら、ふられていたということになる。

この図式は、次のような仮説をわれわれに提示する。すなわち、大津皇子は、父・天武天皇同様、隠然たる力を持ち続けていた蘇我系豪族の後押しを期待したということであり、また一方で、蘇我系豪族も、「皇位継承問題は、大津皇子を推すことにする」と、決めていた可能性が高い、ということである。

これは、単に蘇我系豪族云々といった問題ではない。天武天皇を支持していた諸勢力の中心に立っていたのが蘇我系豪族であり、彼らが大津皇子を推したということは、周辺の豪族たちも、これに倣《なら》った可能性は高いのである。

つまりここで、『日本書紀』と『万葉集』の間で、大きな矛盾《むじゅん》が生まれるのである。

天武天皇は生前、草壁皇子を皇太子に指名していたと『日本書紀』はいう。しかし漢詩集『懐風藻』は、大津皇子を「太子（皇太子）」と呼んでいる。そして『万葉集』は、「石川女郎」という隠語を駆使して、「皇位継承競争の先頭を走っていたのは大津皇子」と証言していたことになる。すると、『日本書紀』の記事こそ、疑ってかかるべきだったのではなかろうか。

つまり、こういうことだ。

『日本書紀』は大津皇子が謀反を企み、草壁皇子を殺《あや》めようとしたという。しかし、もし実際には大津皇子が優位に立っていたとするならば、「大津皇子の謀反計画」そのものが、でっち上げだった可能性が高くなるのである。『日本書紀』が、大津皇子事件の詳細を語ることができなかったのは、むしろ当然のことではなかろうか。つまり、罪のない大津皇子に罪をなすりつけるには、「言いがかり」をつけなければならず、その真相を後の世に書き残すことはできなかったのである。

こうして、石川女郎の謎は解けたのである。

第四章

持統天皇が隠した古代史の真実

持統天皇が意図的にもたらした政権の変貌

次に注目したいのは、持統天皇《じとう》の時代である。

なぜ、『万葉集《まんようしゅう》』の謎を解き明かすために、持統天皇を取り上げるのかというと、天武《てんむ》天皇から持統天皇に皇位が継承された時、ヤマトの政権は大きく変貌したからである。

持統天皇は夫・天武の遺志を継承するかに見せかけて、持統天皇から始まる新たな王家を誕生させていた。それにも関わらず、『日本書紀《にほんしょき》』がこの間のいきさつを闇に葬《ほうむ》ったがために、古代史の真相そのものが、深い迷宮に迷い込んでしまったのである。

したがって、古代史謎解きのポイントは、持統天皇の時代を軸に、考え直さなければならない。持統天皇は何を変えてしまったのか、何がねじれてしまったのか、『日本書紀』は何を隠してしまったのか、これを探ることが大切なのだ。

そして、ここで重要な意味を持ってくるのが『万葉集』なのである。

『万葉集』は、正史『日本書紀』によって消し去られてしまった本当の歴史の輪郭を後の世に伝えるために、「人々の声」を集めたのである。

そこでまず、『万葉集』の巻二の歌を追ってみよう。

既に述べてきたように、『万葉集』巻二は、情を通じ合う歌「相聞《そうもん》」と「挽歌《ばんか》」からなる。「挽歌」とは、人の死を悼《いた》んで作られた歌のことだ。巻二の挽歌は、七世紀後半の悲劇を数多く記録している。また、『日本書紀』によって隠匿された歴史の真相を、後の世に伝えようとしているように思えてならない。

巻二─一五九は、「天皇崩《かむあが》りましし時の大后《おほきさき》の御作歌一首」で、鸕野讃良皇女《うののさららのひめみこ》（後の持統天皇）が天武天皇へ贈った挽歌である。

やすみしし　わご大君の　夕されば　見《め》し給ふらし　明けくれば　問ひ給ふらし　神岳《かむをか》の　山の黄葉《もみち》を　今日もかも　問ひ給はまし　明日もかも　見《め》し賜はまし　その山を　振り放《さ》け見つつ　夕されば　あやに悲しび　明けくれば　うらさび暮し　荒栲《あらたへ》の　衣《ころも》の袖は　乾《ふ》る時もなし

（大意）わが大王（天武天皇）の魂は、神丘の山の紅葉を、夕方になると御覧になられているに違いない。夜が明ければ、訪ねられているだろう。今日も愛《め》で、明日も訪れられるのだろう。その山をはるかに見やれば、夕方になると悲しくなり、夜が明ければ、寂しく思い暮らしているから、喪服《もふく》の袖は乾く暇がない……。

さらに、次の二首が続く。

燃ゆる火も　取りて裹《つつ》みて　袋には　入ると言はずや　面《おも》知らなくも（一六〇）

（大意）燃える火も、取って袋に入れるというではないか。それだのに、今私はおなくなりになった天皇を何ともすることができないことだ。

北山に　たなびく雲の　青雲の　星離《さか》り行き　月を離《さか》りて（一六一）

（大意）北山にたなびく雲の青雲は、星を離れていき、月を離れていくことだ。そのように大君は私を置いて去っていかれた。

これらの歌を素直に受けとめれば、天武天皇と鸕野讃良皇后は、おしどり夫婦だったことになる。

持統天皇称制前紀《しょうせいぜんき》には、皇后（鸕野讃良皇女）は初めから最後まで、天皇を助け、天下を定めたといい、天武天皇のそば近くに侍《はべ》り、政事に常に言及し、よく補佐をしていたと記されている。

それだけではない。天武と鸕野讃良皇后の夫婦愛については、その他の場面でも繰り返し述べられている。天武天皇と鸕野讃良皇后が、順番に病気になり、お互いのために寺を建て、病気平癒《へいゆ》を願ったという話は、あまりにも有名だ。

『日本書紀』の証言と『万葉集』の歌を重ねれば、当然鸕野讃良皇后の悲嘆を疑う余地はないと思われよう。事実、通説も二人は仲睦《なかむつ》まじかったと信じて疑わない。

天武天皇が絶大な支持を得られた理由

天武天皇と持統天皇が仲睦まじい夫婦と考えられるもうひとつの理由は、天武天皇のやり残した仕事を、持統天皇が継承しているからである。

新益京《あらましのみやこ》（藤原宮）の造営、律令《りつりょう》制度の整備、正史の編纂《へんさん》など、天武朝《てんむちょう》で始まった改革事業は、持統天皇が受け継いだのである。天武天皇と持統天皇を語る時、大きなキーワードとなってくるのが、「皇親《こうしん》政治」である。

ヤマト建国来、長い間、政局は豪族たちの合議によって運営されてきた。蘇我《そが》氏全盛期でも、「各氏からひとりの議政官《ぎじょうかん》（参議）」という原則が守られ、合議制の伝統が守られていたのである。

ところが、壬申《じんしん》の乱《らん》（六七二年）で大海人皇子《おおあまのみこ》が圧倒的な勝利を収めると、一気に中央集権化が進み、豪族層を排除し、天皇と周辺の皇族だけで政局運営を図るという極端な体制が組まれていった。これが「皇親政治」と言われているものだ。天武天皇が前代未聞の体制を布《し》くことができた理由は、どこにあったのだろうか。

『万葉集』巻十九―四二六〇、四二六一の「壬申の年の乱の平定しぬる以後《のち》の歌二首」がヒントとなる。

大君《おほきみ》は　神《かみ》にしませば　赤駒《あかごま》の　腹這《はらば》ふ田居《たゐ》を　都と成しつ（四二六〇）

大君は　神にしませば　水鳥《みづとり》の　すだく水沼《みぬま》を　都と成しつ（四二六一）

大君（天皇）は神であらせられるから、赤駒も這《は》って歩く田（荒れた地）を、都にしてしまった。大君は、神であらせられるから、水鳥が多く集《つど》う沼を都にしてしまったという。ここに、壬申の乱後の天武天皇に対する人々の期待感が、凝縮《ぎょうしゅく》されているのである。

神業《かみわざ》的な戦勝によって、大君は神聖視され、大君＝神という観念が誕生したのであり、「天皇」という称号も、天武天皇の時代に生まれたとされている。

熊谷公男は『日本の歴史03　大王から天皇へ』（講談社学術文庫）の中で、このあたりの事情について、次のように述べる。

天武はまさしく「律令国家の建設を先頭に立って推進するカリスマ的政治指導者」といってよい。（中略）天武朝には律令の編纂に着手するのをはじめとして中央集権的な律令体制が急速にととのえられていくが、それを可能にしたものこそ、内乱の勝者天武のもつ絶大な神的権威であった。

さらにつけ加えるならば、ただ単純に天武天皇が神業で乱を制したから、崇《あが》められたわけではない、ということである。

六世紀来、蘇我氏が追い求めてきた行政改革事業を中大兄皇子《なかのおおえのみこ》(天智天皇)と中《なか》臣鎌足《とみのかまたり》がぶち壊し、人々が再出発を願い、思いを天武天皇に託したから、天武天皇は絶大な支持を得たのである。

皇親政治の本当の意味

通説は、なぜ天武天皇に権力が集中したのか、そのもうひとつの理由を、大豪族が壬申の乱で没落したからだ、としている。

通説は、天武天皇の皇親政治を批判的に論評し、この後、登場する藤原不比等《ふじわらのふひと》が、皇親勢力と対決していったという図式を描いていくのである。

しかし、筆者は、全く違う考えを持っている。

すでに触れたように、天武天皇は親蘇我派の皇族であり、蘇我氏の改革事業を継承しようと躍起《やっき》になったと筆者は考える。そして、律令制度を本格的に導入するためには、一度、権力をひとりの人物に集中させる必要があったはずだ。

律令制度の「律令」とは、要するに「法律」のことで、明文法を整備することによって、それまでの因習や慣習による政治運営を、効率化する目的があった。そして、律令整備には、土地改革や人事制度の刷新が含まれていた。

豪族たちが私有する土地や民を一度国家があずかり、戸籍を作り、民に農地を公平に分配する。私地私民《しちしみん》を禁じるのだ。そして、土地と私有民を手放した豪族たちには、相応の官位と役職を与える必要があった。そのうえで、豪族の特権の世襲は剝奪《はくだつ》される。極端な言い方をすれば、仕事のできる者が出世できる世の中がやってきたのだ（理念は良かったのだが、現実はそのとおりにはならなかった。名門子弟が優遇される蔭位《おんい》制が布かれた）。つまりここで、歴史的な大鉈《おおなた》を振るうわけである。

この革命的な政治改革を旧豪族の合議に任せていては、物事は進捗《しんちょく》しないのは目に見えていた。利害が対立し、公平な差配は望めない。

そこで、誰もが「この人のやることなら仕方ない」と認める、公平な権力者が必要となる。それが、圧倒的な支持を得て壬申の乱を制した天武天皇である。通説は「皇親政治」を「天皇の独裁」という一語で解き明かそうとするから、真相を見誤る。しかもこの誤解があるため、持統天皇の正体をも見失っているのである。

だが、『万葉集』を読み解けば、この時代の本当の流れがあぶり出されてくるはずである。

天武と持統の夫婦愛は疑わしい

北山茂夫は『女帝と詩人』(岩波現代文庫)の中で、天武天皇を皇后の立場で強力にバックアップした鸕野讃良こそ、皇親政治の片棒を担《かつ》いでいたという。

極言すれば、皇后としての彼女の存在が、強勢有功の氏族から一人の大臣をも任命しなかったという異常な関係を成立させるひとつの有力な要因になった。皇后は、天武の専制をいっそう助長する役割を果した、とわたくしは考えている。

そのうえで、皇親政治に不満を持つ豪族たちは、大津皇子《おおつのみこ》を後押しし、これに対し鸕野讃良が敢然と立ち向かったこと、また一方で、大津皇子の行動について、ややマイナスのイメージを抱いている。

かれの動き方いかんによって、皇位継承の問題は、クーデタ、さらに内乱に転化し発展する危険はそこにあった。大津は激情的な行動の人である。（前掲書）

だが、これは本当だろうか。「皇親政治」の本質を見誤り、天武天皇や持統天皇の「本当の気持ち」を読み間違えているから、大津皇子まで割を食ってしまっているのではあるまいか。

持統天皇は、もっと違う野望を抱いていたのではないかと思えてならない。そして、本当に天武と持統はおしどり夫婦で、持統は天武の遺志を継承していたかというと、実に疑わしいのである。

巻二の一五九（二一三ページ）では、天武天皇の死を悼み、持統天皇は「袖が乾く暇もない」と詠《うた》っているが、どうにも胡散臭《うさんくさ》い。本当は、「袖の下でほくそ笑んでいた」のではあるまいか。

無視できないのは、天武天皇の生前の態度である。『万葉集』の中で、天武天皇は他の女人《にょにん》とはいくつもの恋の歌を交わしているが、なぜか持統天皇には、ひとつも歌を贈っていない。

たとえば天武は、額田王《ぬかたのおおきみ》との間に、次のようなやりとりをしている。巻一―二〇と二一の歌だ。額田王は大海人皇子（天武天皇）に嫁いだ後、天智天皇に召されていた。けれども、大海人皇子と額田王は、愛し合っていたようである。蒲生野《がもうの》（滋賀県近江八幡市《おうみはちまん》、東近江市）に薬猟《くすりがり》に出た時、二人は歌を交わしている。

あかねさす　紫草野《むらさきの》行き　標野《しめの》行き　野守《のもり》は見ずや　君が袖振る（二〇）

（大意）紫草のはえている御料地《ごりょうち》のあちらこちらに歩いて……まあ、あなたはそんなに手を振っていらっしゃる。野守に見られないでしょうか。

額田王は天智天皇にすでに嫁いでいるのだから、大海人皇子の大胆な行為に驚いている。すると、大海人皇子が次のように歌った。

紫草《むらさき》の　にほへる妹《いも》を　憎くあらば　人妻故《ひとづまゆゑ》に　我《あれ》恋ひめやも（二一）

（大意）まるで紫草のように美しいあなたが憎いのなら、人妻と知りながら、恋をするでしょうか。

天智天皇は、ひとたび政敵と見なせば、無慈悲な仕打ちで滅ぼす。だから、これは命がけの恋なのである。ところが大海人皇子は、そんなことには無頓着《むとんちゃく》で、恋に無邪気なのである。

それにも関わらず、持統天皇との間に、恋のやりとりを詠っていないのは、どうにも解《げ》せない。また『日本書紀』が、天武と持統の夫婦仲を必要以上に強調しているのも、かえって不自然に感じるのである。

そこで、『万葉集』に残された鸕野讃良皇后（持統天皇）にまつわる歌を丹念に読み返すと、大きな秘密がいくつも隠されていたことに気づかされるのである。

持統を日女の尊と称え上げた柿本人麻呂

『万葉集』巻二―一六七には、持統天皇をめぐる興味深い文言《もんごん》が散りばめられている。それは、「日並皇子尊《ひなみしのみこのみこと》の殯宮《あらきのみや》の時、柿本朝臣人麿の作る歌一首」で、草壁《くさかべの》皇子《みこ》を偲《しの》ぶ次のような歌だ。前半部分を引用する。

天地《あめつち》の　初《はじめ》の時　ひさかたの　天《あま》の河原《かはら》に　八百万《やほよろづ》　千万神《ちよろづかみ》の　神集《かむつど》ひ　集《つど》ひ座《いま》
して　神分《はか》り　分《はか》りし時に　天照らす　日女《ひるめ》の尊《みこと》　天をば　知らしめすと　葦原《あしはら》の
瑞穂《みづほ》の国を　天地の　寄り合ひの極《きはみ》　知らしめす　神の命《みこと》と　天雲《あまくも》の　八《や》重《へ》かき別
きて　神下《かむくだ》し　座《いま》せまつりし　高照らす　日の皇子《みこ》は　飛鳥《とぶとり》の　浄《きよみ》の宮に　神なが
ら　太敷《ふとし》きまして　天皇《すめろき》の　敷きます国と　天の原　石門《いはと》を開き　神《かむ》あがり　あが
り座《いま》しぬ

この中で柿本人麻呂《かきのもとのひとまろ》は、次のように詠っている。

天地のはじめ、高天原《たかまのはら》の河原に八百万《やおよろず》の神々が集まり、「天照らす　日女の尊」は、天上界を統治するといい、葦原の瑞穂の国（地上界）には、「高照らす　日の皇子」を下《くだ》したという。そしてその皇子は、「飛鳥の　浄の宮」に舞い下りたという。これは、飛鳥浄御原宮《あすかのきよみはらのみや》のことで、その皇子とは、天武天皇を指していることになる。

天武天皇は日並（草壁）皇子の即位を願いつつ、また末裔《まつえい》がこの国の支配者になることを望みながら、天に神上《かむあ》がった（崩御《ほうぎょ》した）という。

つまり、壬申の乱における天武天皇の勝利を、天孫降臨《てんそんこうりん》になぞらえていることになる。

さらに、天武天皇を地上界に降ろした神が、日女の尊と記されている。この女神、実在の人物を神格化したのだろう。柿本人麻呂は、誰を想定していたのだろう。

天武天皇の母・斉明《さいめい》天皇であろうか。しかし、斉明天皇は天智天皇が即位する以前に九州の地で亡くなっている。したがって、天武天皇の即位には、まったくからんでいない。

もうひとり、候補者がいる。それが、皇后・鸕野讃良皇女である。

鸕野讃良は、壬申の乱の直前、吉野に隠遁《いんとん》した夫と行動をともにし、東国に逃れている。したがって、鸕野讃良は、天武天皇即位の立役者のひとりに数えられる。また、すでに述べたように、『日本書紀』に従えば、鸕野讃良皇后は、この後天武政権を補佐し、支えたという。

ところがその一方で、『続日本紀《しょくにほんぎ》』大宝《たいほう》三年（七〇三）に、鸕野讃良の諡号《しごう》が大《おお》倭《やまと》根《ね》子《こ》天之《あめの》広野《ひろの》日女尊《ひめのみこと》と記され、「日女尊」の尊称で呼ばれているのは無視できない。

また、それから十七年後に編纂された『日本書紀』の中で、鸕野讃良には「高《たか》天原《あまのはら》広野《ひろの》姫《ひめの》天皇《すめらみこと》」の諡号が与えられた。この諡号は「高天原を支配する姫」を意味し、やはり「日女の尊」のイメージだ。

ところで「日女《ひるめ》」とは「日巫女《ひのみこ》」で、太陽神を祀《まつ》る「巫女《みこ》」であるとともに太陽神の子で、男子「ヒルコ」とセットになっている。

ヒルコとヒルメのペアは、天皇と皇后の関係でもある。

『隋書《ずいしょ》』倭国伝《わこくでん》には、開皇《かいこう》二十年（六〇〇）に倭国から遣使があったといい、風俗を問いただしたと記される。その中で、「倭王は天をもって兄とし、日をもって弟とする」とあり、兄は夜中に政《まつりごと》を聴き、日が上《のぼ》れば政務を弟に委《ゆだ》ねる、とあり、隋《ずい》の皇帝は、「大いに義理なし」と述べたという。

この記事から、「兄＝夜の王」は「神を祀る人」であり、「弟＝昼の王」は「実務を担当する人」ではないかと考えられている。これは、「姉と弟」「妹と兄」による祭政二重主権で、邪馬台国《やまたいこく》の卑弥呼《ひみこ》も、同様の統治を行なっていたと、「魏志倭人伝《ぎしわじんでん》」には記される。

そして、開皇二十年は推古八年にあたり、推古女帝が「兄（叔母）」、聖徳太子が「弟」という関係になる。このような統治形態は、男王が立っている場合、王（天皇）と神を祀る巫女（皇后、斎王《さいおう》）とのペアが想定され、これが、神話でいうところの「ヒルコとヒルメ」の組み合わせになるわけであり、彼らは太陽神・天照大《あまてらすおお》神《かみ》からの神託を得て、実務に生かす、ということになる。

ところが例の万葉歌の、「日女の尊」には、「天照らす」と頭につくから、この「日女の尊」は、太陽神・天照大神そのものを連想させる。

柿本人麻呂は、『日本書紀』が編纂されるよりも早く、「持統天皇は太陽神」「持統天皇は天照大神」という図式を詠い上げていたことになる。

持統の真の目的

『日本書紀』の神話に、天照大神は当初、大日孁貴《おおひるめのむち》の名で登場する。これを分解すると、「大日巫女《おおひみこ》」となり、太陽神を祀る巫女を指している。これが要するに「日女」で、なぜ祀られる太陽神が祀る「日女」と同一視されているのか、大きな謎を生んでいる。

通説は、神を祀る者が神そのものに昇華したと説明するが、納得できない。天照大神は伊勢神宮に祀られるが、伊勢神宮の祭神が男神であった疑いが強いことは、他の拙著の中でも述べてきた。太陽神は「陽」で、男性であることが多い。

上山春平は持統天皇をモデルに「女神・天照大神」が創作された、とする。それが『神々の体系』『続・神々の体系』(中公新書)で、『日本書紀』は持統天皇を天照大神に、藤原不比等を高皇産霊尊《たかみむすひのみこと》になぞらえたという。

神話の中で天照大神は、当初、子の正哉吾勝勝速日天忍穂耳尊《まさかあかつかちはやひあまのおしほみみのみこと》を地上界の支配者にしようと目論《もくろ》んだ。ところが、高皇産霊尊の娘と正哉吾勝勝速日天忍穂耳尊の間に天津彦彦火瓊瓊杵尊《あまつひこひこほのににぎのみこと》が生まれたため、急きょ、この孫を降臨させることにしたのだという。

この「子ではなく孫」という不必要な神話の設定こそ、「草壁皇子亡き後の皇位継承」そのものではないか、というのである。すなわち、草壁皇子亡き後、持統天皇が即位し、孫の珂瑠皇子《かるのみこ》の即位を願ったこと、さらに藤原不比等は、珂瑠皇子と藤原不比等の娘の宮子《みやこ》の間の子・首皇子《おびとのみこ》（のちの聖武天皇）の即位に執念を燃やしていくのである。

つまり、『日本書紀』は、本来男神であった太陽神を女神にすり替えたのだろう。それはなぜかと言えば、持統天皇を大日孁貴から天照大神に化けさせるためだろう。

持統天皇を皇祖神《こうそしん》に仕立て上げ、持統天皇の直系のみを皇位につけるための正当性を構築したわけである。

持統天皇は天武天皇の遺志を継承したというのが、これまでの通説の考えだった。しかし、それならば『日本書紀』は、天武天皇を天照大神になぞらえていなければおかしい。やはり持統天皇は、夫を裏切っていたのである。

持統天皇は即位後、天武朝では日の目を見なかった藤原不比等を大抜擢《だいばってき》している。『懐風藻《かいふうそう》』によれば、壬申の乱の直前、藤原不比等の父・中臣鎌足は、大友皇子《おおとものみこ》の即位を願い、皇位をさらおうとする者（大海人皇子）を悪人呼ばわりしていたという。ちなみに、『日本書紀』は大海人皇子を皇太子と言っているのだから、大海人皇子が責められるのは、お門違いなのだが……。

ただ、いずれにせよ、大海人皇子の即位を邪魔立てした中臣鎌足の子・藤原不比等が、天武朝で活躍できなかったのは、当然のことである。

ではなぜ、「天武の敵」である藤原不比等を、持統天皇は引き抜いたのだろう。

興味深いのは、持統天皇が天智天皇の娘だったということで、持統天皇と藤原不比等のコンビは、天智天皇（中大兄皇子）と中臣鎌足のコンビの再来であり、壬申の乱によって滅びた旧政権の亡霊が、ここに復活したことになる。

いったい持統天皇は、何を目論んでいたのだろう。

ここで、改めて注目しておきたいのが、大津皇子刑死後の、ひとつの事件についてである。この騒動の中に、当時持統天皇の置かれた立場が明示されているように

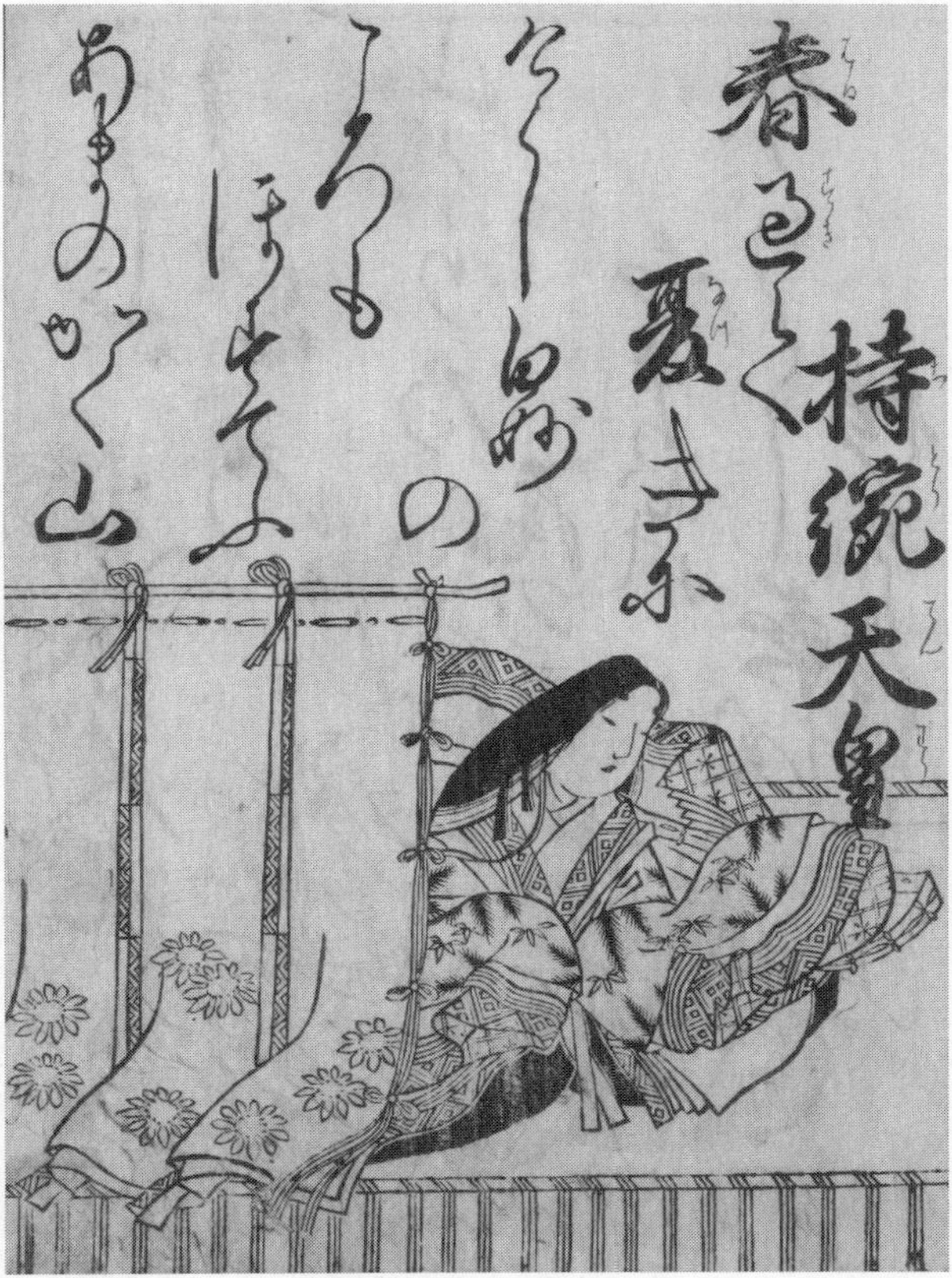

持統天皇
※『小倉百人一首』（菱川師宣画）より（国立国会図書館デジタルコレクション）

思えてならないのである。

なぜ大津皇子の屍は移葬されたのか

『万葉集』によれば、大津皇子の謀反《むほん》事件の後、伊勢から大来《おおくの》（大伯）皇女《ひめみこ》が都に戻ってきたとある。そして、次の歌を残している。巻二―一六三と一六四の歌だ。

神風《かむかぜ》の　伊勢《いせ》の国にも　あらましを　なにしか来《き》けむ　君もあらなくに（一六三）
（大意）伊勢の国にいればよかったものを、君（大津皇子）がいないヤマトになぜ戻ってきてしまったのだろう。

見まく欲《ほ》り　我《あ》がする君も　あらなくに　なにしか来《き》けむ　馬疲《つか》るるに（一六四）
（大意）会いたい君（大津皇子）も今はなく、なぜ戻ってきてしまったのだろう。馬も疲れるのに。

斎王《さいおう》は、天皇の代ごとに交替する。したがって、大来皇女は父・天武天皇の死によって、斎王を解任させられたのだろう。そして、伊勢からの帰途、この歌を作ったのである。

伊勢の国に留まっていればよかった。弟（大津皇子）はもういないのだから。会いたい弟はいないのに、馬が疲れるのに、何をしに都に戻ってきたのだろう。

けれども大来皇女は、鸕野讃良に対し、抗議の行動を起こしていた気配がある。それを暗示するのが、続く二首の歌だ。「大津皇子の屍《かばね》を葛城《かづらき》の二上山《ふたかみやま》に移し葬《はぶ》る時、大来皇女の哀《かな》しび傷《いた》む御作歌《みうた》二首」である。

うつそみの　人なる我《あれ》や　明日《あす》よりは　二上山を　弟《いろせ》と我《あ》が見む（一六五）

磯《いそ》の上《うへ》に　生《お》ふるあしびを　手折《たを》らめど　見《み》すべき君が　ありといはなくに（一六六）

現世の人である私は、明日よりは二上山を弟と思って眺めよう。磯の上にはえる馬酔木を折りたいが、見せる弟がいるわけでもないのに。

大来皇女の弟を思いやる心が、ひしひしと伝わってくる。

それよりも問題なのは、「二上山に移し葬る」である。

大津皇子の墓は、奈良県と大阪府の県境に位置する二上山の山頂（雄岳《おだけ》）に比定されている。ただし、二上山山麓の七世紀後半の方墳《ほうふん》・鳥谷口古墳《とりたにぐちこふん》（奈良県葛城市）が一九八三年に発見されてから、こちらが本当の墓ではないか、と考えられるようになった。

河上邦彦は『後・終末期古墳の研究』（雄山閣出版）の中で、その理由をいくつも掲げている。二上山山頂の大津皇子の墓は、いつごろ造られたかはっきりとしないこと、おそらく、幕末に大津皇子の墓に比定されたのではないかとし、それに対し、鳥谷口古墳の造営時期が、大津皇子の死と重なることを重視した。

鳥谷口古墳の墳丘の規模は小さく、また石槨《せっかく》の規模も小ぶりで、遺体を埋葬することはできない。ただし、骨を集めて（あるいは火葬した骨を）金属の器に入れて埋納したとすれば、話は別だ。古墳から遺体は見つかっておらず、盗掘に際し、器ごと持っていかれたのだろう、とする。つまり、遺骨を改葬したと考えれば辻褄《つじつま》が

鳥谷口古墳。写真中央右に小さく見えるのが入口　（写真提供：葛城市役所）

あってくる。そして、七世紀の古墳が山頂に築かれるはずがないことから、鳥谷口古墳が大津皇子の墓であった可能性は高い、とする。

通説も、罪人として刑死した大津皇子が、二上山の山頂に葬られたのは不可解だ、と考える。

しかし、大来皇女の歌に添えられた「移し葬る（移葬）」という題詞と、「明日は、二上山を弟と思って眺めよう」の文言より、「大津皇子は二上山山頂に葬られた」ことを、訴えているように思えてならない。

大津皇子の屍を二上山に移し葬るという題詞の「移し葬る」については、二つの解釈がある。殯宮《もがりのみや》から屍を墓に葬ったとする考えがひとつ。そして、一度どこかに葬った屍を、他の場所に移し葬ったのだろうとする考えがもうひとつだ。ただし、他の例を参照すると、殯宮から直接墓に葬る場合は、ただ単純に「葬」と言い、移葬とは言わない。しかも大津皇子は刑死したのだから、殯は行なわれていないはずだから、ひとつ目の解釈をとることはむずかしい。

また、後者の一度葬った屍を他の場所に葬り直す場合、「改葬」の二文字があてられるのが普通だ。さらに、大津皇子の刑死は朱鳥《あかみとり》元年（六八六）十月三日で、大来皇女の歌は、「馬酔木」が詠い込まれていることから、翌年の春であったことが分かる。しっかりと本格的に墓を造り葬ったのなら、わずか数ヵ月で改葬することは、普通ではありえない。

謀反の罪を負い、刑死した大津皇子ならば、墓に埋葬することを許されず、ゴミのように捨てられた可能性が高い。これは「葬」ではなく、「埋」と言う。

たとえば、武烈《ぶれつ》天皇に歯向かった平群真鳥《へぐりのまとり》と鮪《しび》の親子は、成敗された後、「収《をさ》め埋《うづ》むる」とある。これは「葬った」のではなく、罪人として「捨てられた」のだから、葬られていない。大津皇子も罪人として埋められたのなら、屍を別の場所に葬

って も、 それは「改葬」ではない。したがって、「移葬」とは、一度埋められ、捨てられた大津皇子の屍を掘り返し、墓に葬った、ということになる。

皇極《こうぎょく》四年（六四五）の乙巳《いっし》の変《へん》ののち、蘇我蝦夷《そがのえみし》と入鹿《いるか》の屍を墓に葬ることを許したと、『日本書紀』にはある。皇極天皇の「極悪人蘇我氏」に対する寛大な処置、ということになるが、実態は、中大兄皇子による改革潰《つぶ》し、改革派の要人を暗殺した事件だったから、許すも何も、誰もが悲しみ、入鹿たちは丁重に祀られたのであり、だからこそ、『日本書紀』の文面の中で、「本来ならば葬られる資格はないが、天皇の度量の大きさによって、葬ることを許した」と書かざるを得なかったのだろう。

罪人は葬られないのが古代の通例であったことは、これで分かる。

ただし、例外もある。天平元年（七二九）の長屋王《ながやおう》は「左道《さどう》を学んだ罪」によって一族滅亡に追い込まれるが、この時朝廷は、長屋王を葬ることを許している。

そこで問題となるのは、大津皇子が本当に埋められたのか、あるいは葬られたのか、である。

土橋寛は『万葉開眼（上）』（ＮＨＫブックス、日本放送出版協会）の中で、もし大津皇子が一度葬られたのなら、短期間のうちに改めて他の墓に移した意味が分からないといい、大津皇子は葬ることを許されず、埋められたのだろうと推理する。そして、なぜ一度埋めたのに慌ただしく墓を造ったのかといえば、「死霊《しりょう》の祟《たた》りを避けようとする気持が働いているであろう」とする。これで、「移葬」の二文字の謎も消える。

けれどもここで、別の大きな謎が浮かぶ。

もし土橋寛の言うように、大津皇子の祟りを鸕野讃良が恐れたとしても、そう簡単に移葬するだろうか。というのも、「大津皇子が祟る」ことを認めてしまえば、鸕野讃良の側に非があったことを認めてしまうようなものだからである。

蘇我入鹿暗殺が改革潰しだったのではないかと思えるのは、蘇我入鹿が祟って出たと、語りつがれたからである。『扶桑略記《ふそうりゃっき》』には、斉明天皇の身辺に現れた鬼を指して「あれは蘇我」といい、人々がばたばたと死んでいった理由を、「蘇我の仕《し》業《わざ》」と語る。ところが『日本書紀』は、同じ鬼の事件を掲げながら、その原因を「蘇我」には求めず、「不気味な唐人風の鬼」と表現している。それはなぜかと言えば、祟りは祟られる側にやましい心があるから起きるのであって、たいがいの場合、正義は祟る側にあるからである。

つまり、誰もが「蘇我は祟って出た」と語りついでいたのに、『日本書紀』のみが認めなかったのは、中大兄皇子や中臣鎌足の暗殺劇の正当性を確保するためにほかならない。

この理屈が分かってくると、事件直後の鸕野讃良が「大津皇子の祟りが恐ろしいから、ちゃんと葬る」と決意したとは思えないのである。

では、なぜ埋められていた大津皇子が、移葬させられたのだろう。ここに、この時代の本当の混乱が、隠されているのではなかろうか。

大来皇女のせめてもの抵抗

大津皇子は、二上山山頂ではなく、鳥谷口古墳に葬られているというのが、今日《こんにち》もっとも優勢な考えだ。それはなぜかと言えば、二上山山頂というヤマトの聖地に、罪人を葬るはずがないからである。

しかし、大津皇子を殺した直後の鸕野讃良が、他を圧倒する権力を握っていたか

前方に畝傍山、後方に淡く見えるのが二上山

というと、実に怪しく、また諸卿や民衆の支持を集めていたかというと、首をかしげざるをえない。

大津皇子の妃《みめ》・山辺皇女《やまべのひめみこ》が殉死したのを見て、みな嘆き悲しんだとあるのは、大津皇子に同情する気持ちがあふれていたからだろう。

もし大津皇子が、本当に謀反を企《くわだ》てた大罪人、極悪人なら、人々は「いいざまだ」と、山辺皇女の死を、むしろ冷やかに見守ったに違いないのである。

ここで、大来皇女の歌に話を戻すと、大来皇女が「二上山は大津皇子」と詠っていることに興味が湧く。もし仮に、通説のいうとおり、大津皇子が二上山の山麓に葬られていたら、このような言葉が浮かんでくるだろうか。山頂に葬られたからこそ、大来皇女は二上山をいとおしく思ったのではなかったか。

こういうことではなかったか。大津皇子は鸕野讃良の陰謀によって、刑死した。しかし周辺の人々は、この暴挙に対し、反発したに違いない。そして、「弟のいない都に、なんのために帰ってきたのだろう」と嘆く大来皇女は、鸕野讃良に一矢報《いっしむく》いるために、周囲に働きかけ、諸卿が動き、鸕野讃良に圧力が加わり、大津皇子の移葬が決まったのではあるまいか。そして、鸕野讃良の意志とは関わりなく、大津皇子の墓は二上山の山頂に築かれてしまった……。

ヤマトの聖地・二上山に罪人を葬ることなど、普通ならば、考えられないことだ。しかし、この行為が、鸕野讃良に対する大来皇女等の「せめてもの抵抗」と考えれば、謎ではなくなる。鸕野讃良を非難する人々があまた存在したとすれば、大津皇子を山頂に葬った可能性を頭から否定することはできなくなるはずである。

空白の四年間と岡宮の秘密

この事件の四年後に、鸕野讃良が即位し、持統天皇になった事実をわれわれは知っているから、天武天皇の死後、鸕野讃良は絶大な権力を継承したと思い込んでいる。だが、二年を越える天武の殯宮は異常な事態だし、この間、草壁皇子が即位することなく、結局病死してしまうのは、不自然なことである。

つまり、大津皇子の刑死によって、鸕野讃良は猛烈な諸卿の反発を喰らい、失脚寸前まで追い込まれていたというのが、真相なのではあるまいか。この推理を裏づけるのが、「岡宮」である。

このあたりの事情は、他の拙著でも述べているので簡潔にすますが、天武の死後の草壁皇子の所在が、『日本書紀』の記事からはつかめない。ところが後の朝廷が、草壁皇子に「岡宮御宇天皇《おかのみやにあめのしたしろしめししすめらみこと》」と追謚《ついし》し、これを『続日本紀』が記録していたことから、皇子が岡宮で暮らしていたことが分かる。

岡宮は現在の岡寺《おかでら》（奈良県高市郡明日香村岡）で、飛鳥の中心から東にはずれた高台に位置する。岡寺の特徴は、石垣に囲まれるような急斜面に造られたことで、歩いて登ると、息が切れるほどだ。皇位にもっとも近い人物が、ここに暮らした真意がつかみにくい。長所と言えば、「外敵から身を守るのに適している」ことである。

筆者は、岡の地に草壁皇子が居を構えたのは、飛鳥の中心にいられなくなったからではないかと考えている。

つまり、大津皇子刑死によって混乱する政局は、朝廷を分断し、二つの拮抗《きっこう》する勢力を生み出した……。そして鸕野讃良は、草壁皇子とともに岡の地に逼塞《ひっそく》し、復活の日を虎視眈々《こしたんたん》と狙い続けたのではなかろうか。

この鸕野讃良の苦境を後世に残すことができなかった『日本書紀』は、草壁皇子の所在を明記しなかったということになる。また、こう考えることで、草壁皇子が二年以上もの間、即位できなかった理由も、はっきりとするのである。

『日本書紀』によれば、草壁皇子が亡くなったあと即位した持統天皇は、飛鳥浄御原宮で政務に携わり、新益京（藤原宮）の造営に邁進したという。

また、『扶桑略記』には、藤原不比等の私邸を「明日香浄御原宮の藤原の宅に都す」と言い、「藤原の宅」は中臣鎌足も暮らした「大原」の一帯を指している。その大原の「藤原の宮」が、そのまま新益京の「藤原宮」の名に移されたわけで、持統天皇と藤原不比等の関係は、深く強いことがよく分かる。

それにしても、天武朝でまったく姿を現さなかった藤原不比等を頼らざるを得なかったところに、持統天皇の苦しい立場が浮彫りになってくる。

持統の野望と天香具山

持統天皇が胸に秘めていた野望が、万葉歌の中に暗号めかしく折り込まれている。それが、百人一首にも取り上げられている天香具山《あまのかぐやま》の歌である。題詞には、「藤原宮《ふぢはらのみや》に天の下知らしめしし天皇の代」とあるから、持統八年（六九四）以降の作だ。

春過ぎて　夏来《きた》るらし　白《しろ》たへの　衣干《ころもほ》したり　天《あめ》の香具山《かぐやま》（巻一―二八）

春が過ぎて夏が来たらしい。天香具山に白妙《しろたえ》の衣が干してあるよ……。

多くの万葉学者が、この歌を褒《ほ》め称《たた》える。

木俣修は『万葉集――時代と作品』（NHKブックス、NHK出版）の中で、次のように述べる。

この絵画的な対象把握の中に季節感が鮮やかに示されている。格調も五七・五七・七とゆるぎのない五七調をとっていて、そのさわやかな内容とマッチしている。当時まだ季節感そのものを歌ったというようなものはあらわれていないのであって、ここに一つの新風の開顕が見られるのである。

この評価が、天香具山の歌に対する代表的な例であろう。飛鳥ののびやかな風光と、初夏のすがすがしさが、歌に込められている、ということになる。

しかし、ひとつ気になることがある。それは、天香具山は、ヤマトの王家にとって大切な山であり、霊山だったことだ。その山に、衣が干してあるというのは、にわかには信じがたい。古代人のおおらかさゆえに許されたのであろうか。

写真中央が畝傍山、右奥に天香具山が見える。　（写真提供：武藤郁子）

確かに、藤原宮から天香具山は、すぐ目の前に位置する。天香具山は、この時代の都人にとって、もっとも身近な山であったに違いない。

ただし、この山は「ヤマトの物実《ものざね》（ヤマトそのもの）」と尊ばれた政権のシンボルである。高天原《たかまがはら》にも、天香具山はそびえていたとある。『伊予国風土記』逸文《いつぶん》には、「天香具山は天から降ってきた山」と記録される。

神武《じんむ》天皇は神託を得て、密《ひそ》かにこの山の土で平瓮《ひらか》を造り、神に食事を供し、自らも食して、敵を呪った。そうすることで、敵に負けない体になったというのである。

その後、とある謀反事件では、天香具山の土を盗もうとした者まで現れた。

『万葉集』巻一―二の題詞には、「天皇、香具山《かぐやま》に登りて望国《くにみ》したまふ時の御製歌」とあり、舒明《じょめい》天皇が天香具山で国見《くにみ》をしていたことが分かる。

理由は定かではないが、古代人にとって天香具山は、「神の山」として、特別視されていたのである。

やはり、霊山に干された衣が、妙に気になる。

政権交代を暗示した歌

渡瀬昌忠は、『万葉一枝』（塙新書）の中で、「白たえ」には宗教的な意味が隠されていると指摘した。

香具山での春の神事に奉仕した人々が、神事の明けた日の朝、青々と茂る香具山に白衣を乾している光景であろう。みずから国見をしてその神事を始めた、即位したばかりの持統女帝が、「天の香具山」のその光景を見、春の神事の終了と夏の季節の到来の実感を表現して、「春過ぎて夏来るらし」と、明快・端麗に詠じたのである。

なるほど、これなら、少しは納得できる。だが、神事を終えた神官たちが、神聖な場所で衣を干すというのも、よくよく考えると、解せない。

梅澤恵美子は『天皇家はなぜ続いたのか』(ワニ歴史セレクション文庫)の中で、この歌を「天《あま》の羽衣伝承《はごろもでんしょう》」と喝破《かっぱ》した。古代史の多くの謎を解き明かす、卓見である。

『丹後国風土記《たんごのくにのふどき》』逸文《いつぶん》には、次のような説話が載る。八人の天女《てんにょ》が真名井《まない》で沐浴《もくよく》していると、翁《おきな》が天女の羽衣を奪い、ひとりの天女が天に戻ることができなくなってしまった。翁は「私には子がないため、留まってくれないか」と頼み、天女は従う。天女は老夫婦のために、万病に効く薬を作り、老夫婦の家は豊かになる。ところが老夫婦は増長し、天女は追い出される。

この天女は豊宇賀能売命《とようかのめのみこと》で、伊勢外宮《げくう》で祀られる女神・豊受大神《とようけのおおかみ》のことを指している。豊受大神は天の羽衣を盗まれ、天上に戻ることができなくなった。天の羽衣は、大切な霊具なのである。

『竹取物語《たけとりものがたり》』の中で、かぐや姫は月の都に帰る直前、天の羽衣を着せられそうになった。すると、かぐや姫は「天の羽衣を着ると、人ではなくなる」と言っている。

大嘗祭《だいじょうさい》のクライマックスで、天皇は天の羽衣を着込むことによって、神聖な存在になる。このように、神事と天の羽衣は密接な関係にある。神事は神事でも、天皇の即位と強い関係を持つから、注意を要する。

他の拙著の中でも述べてきたように、七世紀の飛鳥の「蘇我系の王家」は、「トヨの王家」であった。用明《ようめい》天皇は橘《たちばなの》豊日《とよひの》天皇《すめらみこと》、推古《すいこ》天皇は豊御食《とよみけ》炊屋《かしきや》姫《ひめ》というように、「トヨ」の名を負っていた。その理由について、ここでは深入りしないが、皇極（斉明）天皇は天豊財重《あめとよたからいかし》日《ひ》足姫《たらしひめ》で、親蘇我派の孝徳《こうとく》天皇も天万豊日《あめよろづとよひの》天皇《すめらみこと》と、「トヨの王」であったように、天武天皇は親蘇我派だったから、天武天皇も「トヨの王家の末裔《まつえい》」である。

天武天皇の諡号は天《あまの》渟《ぬ》中《な》原《はら》瀛《おきの》真《ま》人《ひとの》天皇《すめらみこと》で、「瀛州《えいしゅう》（海中の仙山）」の「瀛」の字が含まれるが、それはなぜかと言えば、一般的には五穀の女神とされる豊受大神は、実のところ海（水）の女神で、推古天皇の宮が「豊浦宮《とゆらのみや》（トヨの港の宮）」であったように、「トヨの王家」と「海」は、強くつながっているからである。

ついでまでに言っておくと、豊受大神はヒスイの女神でもあるが、ヒスイは蘇我氏の滅亡とともに、捨て去られている。

つまり、天香具山の白たえとは、豊受大神が沐浴《もくよく》していることを言い表していたのである。

それだけではない。持統天皇は、「あの白たえ（天の羽衣）を盗めば、トヨ（蘇我）の王家は身動きができなくなる」と、ほくそ笑んでいたことになる。これは、政権交代を暗示した、恐ろしい歌なのである。

神を支配する神となった持統天皇

天香具山の歌に秘められた、持統天皇の野望。

持統天皇は天武天皇の王家を継承したように見せかけて、実は持統天皇から始まる新たな王家を構築していたと思われる。つまり、女神の太陽神・天照大神を自らの姿になぞらえ、「天照大神（持統天皇）から始まる王家」という、観念上の新王朝を開いたのであり、だからこそ持統天皇に、高天原広野姫天皇という天照大神を暗示する諡号が与えられたのであろう。

そこで思い出されるのが、「持統は日女の尊」と歌い上げた柿本人麻呂のことである。

すでに触れた『万葉集』巻二―一六七の歌の中で、日女の尊が天上界から、天武天皇が地上界を支配するために降《くだ》ってきたと記されている。ここでは、日女の尊＝持統天皇を上位に持ってきている。

すると、柿本人麻呂は、天照大神＝持統天皇から始まる王家という図式を、まっ先に歌の中で描きあげていたことになる。

柿本人麻呂は、持統天皇の野望の片棒を担いだのだろうか。

さらに、『万葉集』巻一―三六〜三九の歌が、興味深い。題詞には「吉野の宮に幸し時、柿本朝臣人麿の作る歌」とあり、三八の歌が、強烈なインパクトを放っている。

やすみしし　わご大君　神《かむ》ながら　神《かむ》さびせすと　吉野川　激《たぎ》つ河内《かふち》に　高殿を

高知りまして　登り立ち　国見をせせば　畳《たたな》づく　青垣山《あをかきやま》　山神《やまつみ》の　奉《まつ》る御調《みつき》と春べは　花かざし持ち　秋立てば　黄葉《もみち》かざせり　逝《ゆ》き副《そ》ふ　川の神も　大御食《おほみけ》に仕《つか》へ奉《まつ》ると　上《かみ》つ瀬に　鵜川《うかは》を立ち　下《しも》つ瀬に　小網《さで》さし渡す　山川も　依りて仕ふる　神の御代かも

（大意）わが大君が神としていらっしゃるままに、神として振る舞われるとして、吉野川のたぎつ流れの淵に高殿を建てられ、登り立ち国見（予祝行事《よしゅくぎょうじ》）をし、折り重なる山々の山の神の奉る貢物として捧《ささ》げ、春になれば花を頭にかざし、秋になれば黄葉をかざしている。川の神も天皇に食物を捧げるといい、上流では鵜《う》が狩りを行ない、下流では小網を張る。山や川の神がここまで心服しているさまは、神代のようだ。

問題は、持統天皇が神として振る舞ったと記されていること、国見をした持統天皇に、山の神は青垣山を貢物として捧げ、川の神も、天皇に大御食《おおみけ》を献上した、というのである。

中西進は『柿本人麻呂』（講談社学術文庫）の中で、次のように述べている。

古代の人々に畏怖をあたえ、その尊崇によって神の恩寵を得ようとした神々は、ここではもはや彩りや幸《さち》を天皇に奉るべきものとなっているのであり、（中略）逆のいい方をすれば、「神ながら、神さびせす」天皇は、自然の神々を超越した神なのであった。

まさにそのとおりであろう。これは、縄文時代以来継承されてきた信仰とは、異質な思想であり、もし仮に、持統天皇が「私は神」、「神々を従える神」と考えるようになっていたとしたら、これは増長以外の何物でもない。

他の拙著の中でも述べてきたように、日本人にとって「神」とは、大自然そのものであり、恵みをもたらす反面、災害をもたらす恐ろしい存在であった。人々は、神の怒りを鎮《しず》めることに躍起になったのであり、鬼のような神＝大自然に対する畏敬の念を忘れることはなかったのである。

だが、持統天皇は自らを天照大神になぞらえ、それどころか、「神に奉祀《ほうし》させる最高の神」、「他の神々をかしずかせる神」に登りつめたのである。

なぜ持統天皇はこのような「背伸び」をしたのだろう。それは、持統女帝から始まる新たな王家の正統性を構築するためであろう。つまり、持統天皇の出現によって、ここから始まる王家は「持統王家（天智の王家でもある）」となり、天武の王家は観念上、葬り去られたのである。

柿本人麻呂とは何者だったのか

持統天皇は神になった。

ではこれは、持統天皇の独断だったのだろうか。それとも、藤原不比等のプロデュースだったのだろうか。

ここで、もうひとつの可能性が浮上してくる。『万葉集』を読んでいると、『日本書紀』の構築した「持統天皇＝天照大神」という「新たな神話」は、持統天皇と柿本人麻呂の合作だったのではないかとさえ思えてくるのである。

すると柿本人麻呂は、持統天皇を陰から支えていたのだろうか。そこで、しばらく、柿本人麻呂について考えておきたい。

中西進は『柿本人麻呂』の中で、

大化以来の、強固なる天皇支配の宮廷精神は、人麻呂の詩的倫理でさえあった。人麻呂における詩の主題が、第一に王権の讃仰《さんこう》にあったことは、容易に理解されることであろう。

と述べるが、筆者には、どうにも納得しかねる。それはなぜかと言えば、柿本人麻呂は「信念の人」ではなく、「揺らぎ続けた人」、「葛藤を胸に秘めた詩人」だったように思えてならないからである。

柿本人麻呂の生涯は謎に満ちている。『古今和歌集《こきんわかしゅう》』の序文で、「歌の聖《ひじり》」と称えられ、万葉歌人として有名なのに、正史に一切登場しないから、正体を明かすことができないのである。

和銅《わどう》元年（七〇八）、『続日本紀』には、柿本朝臣佐留《かきのもとのあそんさる》が従四位下《じゅしいげ》で卒した（亡くなった）と記され、万葉歌から、ちょうど同じころ柿本人麻呂が死んだと読みとれるので、同一人物ではないかと疑われてもいる。ただし、確証がない。

万葉歌から得られる情報も限られている。

柿本人麻呂の最初の歌は、持統三年（六八九）四月、草壁皇子（日並皇子）の薨《こう》去《きょ》の時の挽歌で、最後の歌は、文武《もんむ》四年（七〇〇）四月、明日香皇女《あすかのひめみこ》への挽歌である。この間、主に宮廷にまつわる歌を、八十四首残している。

柿本人麻呂はヤマトだけではなく、近江や九州、瀬戸内、山陰（石見《いわみ》）で歌を作っている。このため、下級役人として各地に遣わされていたこと、『万葉集』巻二―二二三の題詞に「柿本朝臣人麿、石見国《いはみのくに》に在りて臨死《みまか》らむとする時、自《みづか》ら傷《いた》みて作る歌一首」とあり、石見（島根県西部）で亡くなっていたことが分かる。また、「死」と記されていることから、官位は六位以下で低かったと考えられる。

ただし、これ以外の情報は得られないから、厄介なのだ。

梅原猛は『水底《みなそこ》の歌　柿本人麿論』（新潮文庫）の中で、柿本人麻呂は通説のいうような下級役人ではないと指摘し、刑死したとする大胆な仮説を述べたが、通説はこれを認めていない。

梅原猛の説を黙殺することはできないが、ここでは拘泥《こうでい》しない。筆者が柿本人麻呂に注目しているのは、この人物が「何を考えていたのか」についてである。

柿本人麻呂
※『前賢故実』より（国立国会図書館デジタルコレクション）

柿本氏の素性ならば、ある程度書き出すことはできる。

柿本氏の祖は、第五代孝昭《こうしょう》天皇に行き着く。『古事記《こじき》』によれば、孝昭天皇と尾張《おわり》氏の祖・奥津余曾《おきつよそ》（瀛津世襲《おきつよそ》）の妹・余曾多本毘売命《よそたほびめのみこと》の間の子が天押帯日子命《あめおしたらしひこのみこと》で、この人物は、春日臣《かすがのおみ》、大宅臣《おおやけのおみ》、粟田臣《あわたのおみ》、小野臣《おののおみ》、柿本臣らの祖であったとある。ここに登場する小野臣からは、聖徳太子の右腕となった小野妹子《おののいもこ》が輩出《はいしゅつ》されている。

天押帯日子命の末裔氏族の中では、春日氏がもっとも繁栄し、多くの女人を天皇家に嫁がせた名門である。

天武十三年（六八四）、柿本氏は朝臣に改姓された。

柿本の名の起こりについて、『新撰姓氏録《しんせんしょうじろく》』には、第三十代敏達《びだつ》天皇の時代に、家の門に柿の木があったから、と記される。

持統も天武も称賛した柿本人麻呂

柿本人麻呂が下級役人であったのか、あるいは梅原猛が述べるように、高い官位を下賜されていたのか、それは定かではない。それよりも知りたいのは、柿本人麻呂が持統天皇の企てた「静かなクーデター」を後押ししていたのかどうか、ということである。

柿本人麻呂は歌の中で、「大君は神にしませば」と、天皇＝神と称え、さらに、持統天皇を「天照らす日女の尊」になぞらえていた。これは、持統天皇と藤原不比等が目論んだ「持統天皇から始まる新たな王家」を、正統化するのに役立っただろう。

柿本人麻呂は『万葉集』巻三―二三五の「天皇、雷岳《いかづちのをか》に御遊《いでま》し し時、柿本人麿の作る歌一首」でも、持統天皇を神と称えている。

大君《おほきみ》は　神にしませば　天雲《あまくも》の　雷《いかづち》の上《うへ》に　廬《いほ》らせるかも

（大意）大君（持統天皇）は神でいらっしゃるから、天雲（大空）の雷（明日香村の雷丘《いかずちのおか》を雷になぞらえている）の上に、廬《いおり》（仮の宮）を造っていらっしゃる。

この歌が、『万葉集』巻三雑歌の冒頭に登場するのは、偶然ではあるまい。持統天皇によって新たな体制が布かれ、これを柿本人麻呂が讃美していたと、みなすことが可能である。

しかし、どうにも引っかかるのは、柿本人麻呂が持統天皇に近侍《きんじ》し、持統天皇を礼賛《らいさん》し続けたのなら、なぜ『日本書紀』や『続日本紀』は、柿本人麻呂の名を正史に留めなかったのか、ということである。

筆者は柿本人麻呂を小説の中で、描いてみた(『王剣強奪』芸文社)。柿本人麻呂を取り上げたのは、正史に記載がないから、自由にキャラクターを動かすことができること、さらに、柿本人麻呂が「親天武派」「親蘇我派」でありながら、持統天皇に利用された、悲劇的な人物ではないかと、推理したからである。

つまり、柿本人麻呂は葛藤していたのであり、歌の中でささやかな抵抗を試みていたのではないかと、疑っているのである。

たとえば、柿本人麻呂は持統天皇を称賛する一方で、天武天皇も、同時に称えている。持統天皇は天武天皇を慕い、天武天皇の遺志を継承したというのがこれまでの常識だったから、柿本人麻呂の歌に、なんの疑問を抱いてこなかった。

しかし、持統天皇は天香具山の歌で、天武朝から政権を奪回する野望を歌っていたのだから、柿本人麻呂の「天武礼賛」には、これまで語られることのなかった意味が、隠されているに違いないのである。

柿本人麻呂は太鼓持ちか

柿本人麻呂は、天武天皇を「天から降臨した御子《みこ》」と捉えていたふしがある。それがもっともよく分かるのが、先述した日並皇子（草壁皇子）の死を悼《いた》む挽歌（巻二―一六七）で、そこには、天雲をかき分けて、高照らす日の皇子が、飛鳥の浄御原宮に舞い下りてきた、とある。

高市皇子《たけちのみこ》の殯宮時の挽歌・巻二―一九九の中でも、次のような一節を残している。

あやに畏《かしこ》き　明日香《あすか》の　真神《まかみ》の原に　ひさかたの　天つ御門《みかど》を　かしこくも　定めたまひて　神《かむ》さぶと　磐隠《いはがく》ります　やすみしし　わご大君の　きこしめす　背面《そとも》の国の　真木《まき》立つ　不破山《ふはやま》越えて　高麗剣《こまつるぎ》　和蹔《わざみ》が原の　行宮《かりみや》に　天降《あも》り座《いま》して

これは、壬申の乱に際し、天武天皇（その時点では大海人皇子）が和射見《わざみ》が原の行宮《あんぐう》に到着したあと、高市皇子を全軍の指揮官に命じた時の話で、ここでも、天武天皇が「天降った」と表現している。

これらの表現は、『日本書紀』の神話と壬申の乱が、密接に関わりを持っていたから生まれた、と一般には考えられている。

『日本書紀』編纂の端緒《たんしょ》は天武天皇の正史編纂の詔《みことのり》であり、『日本書紀』編纂のひとつの目的は、天武天皇が甥《おい》＝大友皇子を壬申の乱で打ち倒したことの正当性を証明することにあったとされている。また、柿本人麻呂の歌も、このような構想が編まれていく過程で、生み出されたものであろうというのだ。

つまり、新政権を武力で打ち立てた天武は、神の子としてこの世に降臨した天皇であり、この偉大な王の姿を、「出雲《いずも》の国譲《くにゆず》り」「天孫降臨」という神話に当てはめたということになる。

森朝男は、この二首の歌について、次のように述べる。

このようにみてくると、二皇子の挽歌に天武天皇のことを大きく詠みこんだ意味は、壬申の戦闘から即位を経て開かれる天武天皇の時代を、理想の時代として神話的に描き出し、その継承者・補弼《ほひつ》者たるものの死として二皇子を悼《いた》んでいることになる。ことに高市皇子挽歌では、壬申の戦闘から開かれる新王朝を、〈降臨↓戦闘平定↓建国↓治世〉という建国神話的枠組みに引き当てて理想化しようとしている。（『万葉集を読む』古橋信孝編　吉川弘文館）

つまり、柿本人麻呂は宮廷歌人として、天武天皇や持統天皇といったこの時代の「政権の意志」を、そのまま歌に込めて、「よいしょした」ということになる。しかし、筆者は全く違う考えを持つ。柿本人麻呂は、単純な「太鼓持《たいこも》ち」ではない。

伊勢行幸をめぐる不可解な歌

柿本人麻呂のもっとも活躍した時期は持統朝で、草壁皇子（日並皇子）の挽歌や持統天皇の吉野行幸をめぐる歌は、柿本人麻呂が宮廷歌人の役割を担《にな》っていたことを偲ばせる。

ところが、ある時期から、柿本人麻呂は、「権力者」との間に、距離を置くようになったようだ。

そのきっかけとなったのは、『万葉集』巻一―四〇～四二の歌が詠われたことと、関わりがあるのではなかろうか。

あみの浦に　船乗《ふなの》りすらむ　娘子《をとめ》らが　玉裳《たまも》の裾《すそ》に　潮満《しほ》つらむか（四〇）

（大意）あみの浦（三重県志摩《しま》市英虞《あご》湾、あるいは鳥羽《とば》市答志《とうし》島、鳥羽の説あり）で船に乗り遊ぶ乙女らの裳の裾に、潮は満ちてきているだろうか。

釧《くしろ》つく　答志《たふし》の崎に　今日《けふ》もかも　大宮人《おほみやひと》の　玉藻《たまも》刈るらむ（四一）

（大意）答志の崎（三重県鳥羽市答志島か）に今日も大宮人がきれいな藻を刈っていることだろうか。

潮さゐに　伊良虞《いらご》の島辺《しまへ》　漕《こ》ぐ船に　妹《いも》乗るらむか　荒き島廻《しまみ》を（四二）

（大意）潮騒が波立つ今ごろ、伊良虞の島辺をこぎ渡る船に、恋しい妹は乗っているのだろうか。荒い島めぐりをしているのだろうか。

　これらの歌は、「伊勢国に幸《いでま》しし時、京に留《とどま》れる柿本朝臣人麿の作る歌」とあり、持統六年（六九二）春三月の、伊勢行幸の話である。

　このあと詳しく触れるように、この伊勢行幸に際し、三輪高市麻呂《みわのたけちまろ》が、職を賭して猛烈に反対していた。何やら、きな臭い事件だった疑いがある。

　歌自体も、一見して何の変哲もなく見えるが、ひっかかるのは、最後の歌だ。伊良虞の島辺を船遊びする妹（恋人）を、「波の荒いところだから」と心配するのである。

　中西進は『柿本人麻呂』（講談社学術文庫）の中で、前の二首は明るいイメージであるのに、三首目が暗いことについて、

むしろ幻視の明るさによって、作者自身は孤独に暗いのだと、わたしは感じてしま

う。その気持ちがそのまま表われたものが、第三首の不安の翳りだったのではないか。

とする。中西進は、三輪高市麻呂が「反持統派」だったのに対し、柿本人麻呂は「親持統派」だったと考え、三輪高市麻呂の諫言《かんげん》事件は、「農作」の思想と「行幸」の文化がぶつかったものと解釈する。しかしそれなら一層のこと、柿本人麻呂が行幸に加わらず、ヤマトで不安な気持ちでいることの意味が、よく分からなくなる。

この三首に続いて、当麻真人麻呂《たぎまのまひとまろ》の妻と石上大臣《いそのかみのおおみ》（物部麻呂《もののべのまろ》）の歌が続く。

我《わ》が背子《せこ》は　いづく行《ゆ》くらむ　沖《おき》つ藻《も》の　名張《なばり》の山《やま》を　今日《けふ》か越ゆらむ　（四三）

我妹《わぎも》子《こ》を　いざみの山を　高みかも　大和《やまと》の見えぬ　国遠みかも　（四四）

当麻真人麻呂の妻は、「私の夫は今ごろ名張《なばり》の山を越えている頃だろうか」と詠い、行幸に加わった石上大臣は、「ヤマトが見えなくなってしまい、妻が心配だ」と詠っている。

つまり、『万葉集』編者は、ここで、暗示を込めているのではあるまいか。すなわち行幸に参加した者、参加しなかった者、すべてに共通するのは、「不安」「心配」なのである。

伊勢行幸は「神のすり替え」への布石

これら一連の歌の背後に、大きな政争の傷跡が残されているのではあるまいか。問題は、なぜ、常に持統天皇と行動をともにし、大きな行事の歌を詠い続けてきた柿本人麻呂が、ヤマトに留まり、しかも、持統天皇の行幸の様子を想像し、同行している女官たちを心配していたのか、ということである。

これらの歌の左註には、『日本紀』（『日本書紀』）の記事が要約されていて、次のようにある。すなわち、持統六年（六九二）春三月、広瀬王《ひろせのおおきみ》らを留守の官に命じ、伊勢行幸を敢行しようとした。

ところがここで、中納言《ちゅうなごん》・三輪朝臣《あそみ》高市麻呂が冠位を脱《ぬ》ぎ朝廷に捧げ（職を賭して）諫言を行なったという。すなわち、農繁期の行幸をやめるよう、願い出たのである。だが、持統天皇はこれを無視し、行幸を強行した。『万葉集』は、柿本人麻呂が「京《みやこ》に留《とどま》れる」と特記する。それは、本来ならば行幸に同行するべきだったにも関わらず、拒否したからではないかと思えてくるのである。

ここでひとつ解いておかなければならないのは、なぜ三輪高市麻呂が、必死に持統を思い留まらせようとしたのか、ということであろう。

ヤマト（奈良県）における三輪氏の歴史は、天皇家のそれよりも古いと、『日本書紀』はいう。

出雲国譲りの直前、出雲神大物主神《おおものぬしのかみ》は、ヤマトの地に移り祀られてきたという。そして大物主神の子・大田田根子《おおたたねこ》の末裔《まつえい》が、三輪氏であり、大物主神を祀り続けてきた。

三輪流神道《みわりゅうしんとう》は、「三輪（大物主神）と伊勢（天照大神《あまてらすおおみかみ》）が一体分身」と称え続け、筆者は伊勢の天照大神の正体は、出雲系の男神ではないかと疑っている。

そして、西暦七二〇年に編纂された『日本書紀』が、伊勢神宮は女神・天照大神と記すのは、神のすり替えではないかと疑っている。誰がこのようなことをしでかしたかと言えば、持統天皇や藤原不比等であろう。

古来、中臣（藤原）氏とともに朝廷の祭祀に深く関わってきた一族に斎《いん》（忌）部《べ》氏がいて斎部広成《ひろなり》は『古語拾遺《こごしゅうい》』の中で、中臣氏がある時期から神道祭祀《しんとうさいし》を牛耳《ぎゅうじ》り、伊勢の宮司も中臣氏だけが任命され、神道そのもののあり方を変えてしまったと訴える。中臣氏と藤原氏は同族なのだから、この訴えを無視することはできない。

ひょっとして、このころすでに「神々のすり替え」が着々と進められ、その下準備の一環として、持統天皇の伊勢行幸が強行されたのではあるまいか。だからこそ、三輪高市麻呂は、官職を投げ打ってまで、抗議したのであり、柿本人麻呂も、これに同調したのではなかったか。

そこで気になるのは、『万葉集』巻一―二三、二四の歌だ。天武天皇の時代の歌で、「麻続王《をみのおほきみ》の伊勢国の伊良虞《いらご》の島に流されたる時、人の哀傷して作る歌」と題詞にある。

打麻《うちそ》を　麻続王　海人《あま》なれや　伊良虞の島の　玉藻《たまも》刈ります（二三）

（大意）麻続王は海人なのか？　伊良虞の玉藻を刈っているよ……。

うつせみの　命《いのち》を惜《を》しみ　波に濡《ぬ》れ　伊良《いら》虞《ご》の島の　玉藻刈り食《は》む（二四）

気の毒な話である。命が惜しいゆえに、波に濡れ、伊良虞の玉藻を刈っています……というのだ。

『日本書紀』には、天武四年（六七五）夏四月の条に、麻績《おみの》（続）王《おほきみ》の記事がある。罪を犯したため、因幡《いなば》（鳥取県）に流したとあり、一人の子を伊豆島《いづのしま》（伊豆大島）に一人の子を血鹿島《ちかのしま》（長崎県五島列島《ごとうれっとう》）に流したとある。

もし『日本書紀』の記事を信用するならば、『万葉集』は『日本書紀』の証言をねじ曲げて、わざと麻績王の流刑地を伊良虞に比定していることになる。そのうえで、柿本人麻呂は、「伊良虞の女人たちを心配していた」のである。

栗崎瑞雄は『柿本人麿の暗号歌』（現代日本社）の中で、「玉藻」は流刑に関わりのある言葉で、柿本人麻呂の三首の歌は、「体制を批判する内容」だと指摘し、次のように述べる。

当時、不比等らの陰謀によって多くの人々が流罪され、あるいは暗殺されたにちがいない。人麿がそれとなく、こうした事実を、「大宮人の玉藻刈るらん」と批判しているように解釈できるのである。

このような考えを、通説は無視するが、この歌を境に、柿本人麻呂が変わっていったのは事実なのだ。その理由を求めるならば、伊勢行幸事件の背後に、持統天皇と藤原不比等の陰謀を想定せざるをえない。

天武の世への強い追慕

持統天皇の伊勢行幸の一連の歌が終わると、そのすぐあとに「軽皇子《かるのみこ》の阿騎《あき》の野《の》に宿りましし時、柿本朝臣人麿の作る歌」（巻一―四五〜四九）が続いているが、ここにも深い理由が隠されていると思う。ここに登場する軽（珂瑠）皇子は、草壁皇子の子で、のちに即位して文武《もんむ》天皇となる。

歌の内容は、阿騎の大野に宿り、いにしえを偲んだ、というものである。そのあとに続く短歌が名歌として名高い。それがすでに触れた次の歌だ。

東《ひむがし》の　野《の》にかぎろひの　立つ見えて　かへり見すれば　月傾《かたぶ》きぬ（四八）

阿騎野《あきの》（奈良県宇陀《うだ》市）の夜明けは、「かぎろひ（陽炎《かげろう》）」で名高い。かぎろひとは、冬の陽が昇る直前の赤紫の曙光《しょこう》で、光の屈折によって生まれる。東は燃えるようなかぎろひ、西を向けば、月が落ちていく……。このコントラストが、実に印象的な歌であり、柿本人麻呂の代表作と言っても過言ではない。

この歌の二つ前の歌も名歌だが、次の歌は意味深長だ。

安騎《あき》の野に　宿る旅人《たびひと》　うちなびき　眠《い》も寝《ぬ》らめやも　古《いにしへ》思《おも》ふに（四六）

阿騎の野に宿る旅人たちは、体を横たえても昔のことが思い起こされて、寝られない、という。この「いにしえ」がいつのことかと言えば、この後に出てくる四九の歌に、

日並《ひなみし》の　皇子の尊《みこと》の　馬並《な》めて　み狩《かり》立たしし　時は来《き》向かふ

とあり、この場で、同じ時刻、草壁皇子が狩りをした情景が、思い起こされているのだから、みな「草壁皇子の時代」を懐かしんで寝られなくなる、と言っている。

柿本人麻呂が「御用歌人」だとすれば、このような過去への強烈な郷愁は不自然だ。本来、軽皇子を称賛しなければならなかったのに、この場面で軽皇子は脇役である。

大きな問題は、この歌と持統十年（六九六）の高市皇子に贈られた挽歌で柿本人麻呂の宮廷歌人としての役割がほぼ終わっていることである。この歌が詠われたのは、持統六年か七年で、例の持統天皇の伊勢行幸と前後している。

柿本人麻呂は、持統天皇の行幸には加わっていない。おそらく、諫言したグループに属していたのだろう。すると、柿本人麻呂は、持統天皇にそっぽを向かれたということではなかったか。

そして、柿本人麻呂は、「あの天武天皇の時代に戻りたい」と願い、だからこそ、「阿騎野の夜明け」という情景の中で、「いにしへ」に言及したのではなかったか。

正史から消された柿本人麻呂

柿本人麻呂は正史にまったく記録されていないのだから、その消息を辿《たど》ることはむずかしい。どのような役職に就いていたのかも、はっきりとしない。ただ、『万葉集』の歌を追っていくと、この後ヤマトを遠ざかり、石見《いわみ》（島根県西部）の地で亡くなっていた可能性が高い。

そうであるならば、柿本人麻呂は持統天皇に諫言したことで左遷され、都から遠ざけられたということになりそうだ。

すでに触れたように、柿本人麻呂は皇族につき添い、歌を提供し続けた「太鼓持ち」のイメージがどこかにあるが、それは与えられた使命であって、本心から持統天皇を支持していたかというと、話は別である。

前出の森朝男は、「藤原宮の役民（労役を課せられた人々）の作る歌」（巻一―五〇）や「藤原宮御井《みゐ》の歌」（巻一―五二）が、「新たな繁栄の時空と捉える」と言い、これに対し、柿本人麻呂の作った歌は、「宮廷の過去の歴史や皇統譜《こうとうふ》にこだわっている」と述べる（前掲書『万葉集を読む』）。

確かにそのとおりで、もっと具体的に言えば、「宮廷の過去」とは、「天武天皇とその末裔たちの朝廷」を指している。

すなわち、壬申の乱によって政権が入れ替わり、天智朝から天武朝に王家が交代したこと、天武天皇から続く王統こそ、柿本人麻呂にとっての希望だったということである。

その証拠に、「高市皇子尊《たけちのみこのみこと》の城上《きのへ》の殯宮《あらきのみや》の時、柿本朝臣人麻呂の作る歌」（巻二―一九九）は、明らかに、天武天皇を意識している。

ちなみに、高市皇子が亡くなったのは、新益京に都が置かれていた持統十年（六九六）七月十日のことである。

歌はまず、壬申の乱の天武天皇の活躍から始まる。ここで、先に触れた「天降《あまくだ》った」が記されている。明日香の真神原《まかみがはら》で天下を治め、今はすでに磐隠《いわがく》れしてしまった天武天皇が、壬申の乱に際し、不破山《ふわやま》を越え、和射見が原の行宮に天降り、天下を泰平《たいへい》にしようと吾妻《あづま》（東国）の軍団を召し、まつろわぬ国を和らげ、治めようと高市皇子に全権を委ねた。

さらに、渡会《わたらい》の斎宮《いつきのみや》（伊勢神宮）から神風《かみかぜ》を吹かせ、敵を惑わせ、天雲で日の光を遮《さえぎ》らせ、常闇《とこやみ》にして平定された、とある。

この神がかり的な勝利を得たのに、天武天皇はすでに亡くなり、また「やすみしし わご大王＝高市皇子」が政務を司り、繁栄は万代《よろずよ》に続くだろうと思っていたのに、突然高市皇子は亡くなられてしまった、と嘆くのである。

このように、柿本人麻呂は天武天皇、草壁皇子、高市皇子の「壬申の乱と天武朝の繁栄」を、絶賛する一方、華やかな時代を懐古するのである。

このような柿本人麻呂の姿勢を、無視することはできない。柿本人麻呂は、持統天皇に利用されたが、ついに耐えきれず、歌の中で持統天皇や藤原不比等を批判し始めたのだろう。

だからこそ、この人物は歴史から消されたのではあるまいか。そして、『万葉集』は、「歴史の証人」としての柿本人麻呂を積極的に取り上げたのだろう。

終章　敗れ去った者たちへの鎮魂歌

安積親王の死を嘆く大伴家持

歌聖・柿本人麻呂《かきのもとのひとまろ》が生きた時代から、再び時は下る。第一章で命乞いしてまで帰京した大伴旅人《おおとものたびと》と、大伴氏のその後を追ってみよう。

旅人は平城京《へいじょうきょう》に戻ると、意外にも臣下の中で最高位に昇りつめる。しかしだからといって、失地を回復したわけではなかっただろう。長屋王《ながやおう》同様、周囲を藤原《ふじわら》四兄弟や親藤原派が取り囲んでいたからである。藤原のやり方に異を唱えれば、長屋王と同じ運命を辿《たど》ることは、火を見るよりも明らかであった。

心労が祟《たた》ったのであろうか。大伴旅人は、間もなく世を去る。天平《てんぴょう》三年（七三一）七月二十五日のことだった。六十七歳の生涯であった。この時、嫡子《ちゃくし》の家持《やかもち》は十五歳前後と考えられている。

こうして藤原四兄弟は、邪魔者が一切いなくなった朝堂《ちょうどう》を独占し、わが物顔で振る舞い出したのである。

けれども、内政は充実してはいなかった。重税や労役だけではなく、度重《たびかさ》なる天変地異によって、民衆は疲弊していく一方であった。天平五年（七三三）、畿内《きない》だけではなく諸国で、飢えや病気に悩む者が多く、天平六年（七三四）四月には大地震が発生、天平七年（七三五）は凶作に加えて天然痘《てんねんとう》が流行する。

そして天平九年（七三七）、藤原四兄弟を悪夢が襲った。九州で流行した天然痘の病魔が都に押し寄せ、藤原四兄弟を呑《の》み込んでしまったのだ。

ここに権力の空白が生まれ、橘諸兄《たちばなのもろえ》、吉備真備《きびのまきび》、玄昉《げんぼう》といった反藤原派が台頭する。しかも、「藤原の子＝聖武《しょうむ》天皇」が豹変《ひょうへん》し、藤原氏と袂《たもと》を分かち、反藤原派と手を組み、復権を夢みる藤原仲麻呂《ふじわらのなかまろ》（武智麻呂《むちまろ》の子）と対峙《たいじ》していくのである。

なぜ藤原不比等《ふじわらのふひと》の孫・聖武天皇が、藤原氏に歯向かったのか、その理由については、他の拙著の中でも述べているので、ここでは割愛する。

藤原氏が一気に没落し、聖武天皇が反藤原ののろしを上げたこのころ、大伴家《おおとものやか》持《もち》は、希望に満ちた日々を過ごしていたに違いない。

大伴家持は、聖武天皇唯一の男子・安積親王《あさかしんのう》と親交を深めていた。安積親王の母は県犬養広刀自《あがたのいぬかいのひろとじ》で、藤原の血を引いていない。当然、反藤原派の推す皇位継承候補に躍《おど》り出ていた。反藤原派の急先鋒だった橘諸兄は、母・県犬養（橘）三千代《みちよ》を通じて安積親王とは、遠い親戚筋にあたる。

ところが、反藤原派の希望の星であった安積親王は急死してしまう。

『万葉集』巻三―四七五～四八〇は、天平十六年（七四四）春二月、安積親王（皇子）が薨去《こうきょ》した時（実際の死は一月）、内舎人《うどねり》・大伴家持の作る歌六首で、その中でも四七五の歌が傷《いた》ましい。

懸けまくも　あやにかしこし　言《い》はまくも　ゆゆしきかも　わご王《おほきみ》　皇子《みこ》の命《みこと》万代《よろづよ》に　食《め》したまはまし　大日本《おほやまと》　久邇《くに》の京《みやこ》は　うちなびく　春さりぬれば　山辺には　花咲きをり　河瀬には　年魚子《あゆこ》さ走り　いや日異《ひけ》に　栄ゆる時に　逆言《およづれ》の　狂言《たはこと》とかも　白栲《しろたへ》に　舎人装《とねりよそ》ひて　和豆香山《わづかやま》　御輿《みこし》立たして　ひさかたの　天《あめ》知らしぬれ　こいまろび　ひづち泣けども　せむすべも無し

（大意）言葉にするのも恐れ多く、憚《はばか》ることだが、わが大君安積皇子が、いつまでも治められるはずだった大日本の恭仁京《くにきょう》は、春になれば、山辺に花は咲き乱れ、川瀬には小鮎が泳ぎ回る。日を追って栄える時に、人を惑わすでま

大伴家持
※『小倉百人一首』（菱川師宣画）より（国立国会図書館デジタルコレクション）

かせか、舎人は喪服を着込み、和束山に輿に乗って出かけられ、天にのぼってしまわれたので、地面に這《は》いつくばって泣き濡れるのだが、なすすべもないことだ。

四八〇の歌も、大伴家持の気持ちを素直に伝えている。

大伴の　名に負《お》ふ靫《ゆき》負《お》ひて　万代《よろずよ》に　憑《たの》みし心　何処《いづく》か寄せむ

（大意）大伴の名誉ある靫を腰に着け、いつまでもお仕えしようと頼みにしていたこの気持ちは、どこに寄せたらよいのだろう。

大伴旅人が長屋王を失って、酒に走ったように、大伴家持もまた、政権の旗印になるはずだった安積親王を亡くし、途方に暮れていたのである。

安積親王の急死が、藤原仲麻呂による暗殺であった可能性は高い。通説も、「おそらく、間違いない」と認めているほどだ。

恭仁京の聖武天皇が突然難波《なにわ》行幸《ぎょうこう》を企《くわだ》て、安積親王も同行していたが、途中で

「脚の病」のため、恭仁京に引き返した。留守役・藤原仲麻呂の魔の手にかかったと考えられる。藤原仲麻呂にすれば、反藤原派の推す皇子が邪魔で仕方なかったのである。

聖武天皇治下、人生最良の日々

天平十七年（七四五）には、反藤原政権の一角を担《にな》っていた玄昉《げんぼう》が九州に左遷させられるなど、藤原仲麻呂は、次第に反藤原派を圧迫していくようになる。

天平十八年（七四六）六月二十一日、宮内少輔《くないしょうゆう》だった大伴家持は、越中守に任ぜられ、越中国にむかった。

この時代、東大寺の大仏建立《こんりゅう》事業が展開されていたが、困難を極めていた。そんな中、天平二十一年（七四九）二月二十二日、陸奥国《みちのくのくに》小田郡《おだのこおり》（宮城県遠田郡東部）で、金が発見され、陸奥守《むつのかみ》（百済王敬福《くだらのこきしきょうふく》）が献上した。日本で最初の産金であり、久々の明るい知らせに聖武天皇は歓喜し、四月一日、東大寺に行幸し、黄金を奉《たてまつ》ったのである。

この時の詔《みことのり》が有名なのは、天皇みずから「三宝《さんぼう》（仏法僧）の奴《やっこ》」と宣言していること、大伴氏と佐伯《さえき》氏の先祖代々の忠節が顕彰されているからでもある。

さらにこの詔に続き、三十一名の叙位《じょい》が行なわれ、従五位下《じゅごいげ》の大伴家持と大伴氏の同族である佐伯氏の佐伯毛人《えみし》は、ともに従五位上に格上げされたのだった。大伴家持にとって、人生最良の日だったかもしれない。

五月五日、都から占墾地使《せんこんぢし》の僧・平栄《へいえい》らがやってきたので饗応している。『万葉集』巻十八―四〇八五には、彼らを長く留め置こうと詠《うた》っている。都からやってきた幸運を、平栄に重ねてみている様子が読み取れる。

五月十日には、大伴家持が、ひとりで悦に入っていたことが、巻十八の四〇八九～四〇九二の歌で分かる。そして五月十二日には、聖武天皇の詔に答えるかのような、次の歌を詠い上げている。それが、四〇九四の「陸奥国《みちのく》より金《くがね》を出《いだ》せる詔書《しょうしょ》を賀《ほ》く歌一首」で、大伴家持の意気込みが感じられる。

たとえば、軍歌『海行かば』の歌詞になった次の一節は、歴代天皇に仕えてきた大伴氏の面目躍如といったところか。

海行かば　水浸《みつ》く屍《かばね》　山行かば　草生《む》す屍　大君の　辺《へ》にこそ死なめ　顧みは　せじと言立《ことだ》て（四〇九四）

（大意）海行けば水につかる屍、山行けば、草はえる屍になろとも、大君のそばで死のう。後悔などせぬ。

さらに、このあと、大伴氏と佐伯氏が、先祖代々大君に従うことを誓ってきた名誉ある家柄であることを、御門の警備を任せられている氏族であることを、歌の中で強調している。大伴家持が有頂天で、夢見心地だったことは、五月十二日、四〇九八・四〇九九・四一〇〇の歌からも伝わってくる。越の地にあって、将来吉野行幸に天皇のお供として随伴し、歌を作るであろうことを予想した歌が綴《つづ》られている。

これほど大伴家持が喜ぶのは、東大寺建立に社会全体が疲弊し、頼りにしていた聖武天皇と橘諸兄の政権が、危機に瀕していた裏返しでもある。

涸渇《こかつ》していた金が、陸奥から降って湧いたことを大伴家持は、「陸奥山に金の花が咲いたぞ（巻十八―四〇九七）」とはしゃいだ。

次の歌も、大伴家持の興奮を、よく伝えている。

大伴の　遠《とお》つ神祖《かむおや》の　奥《おく》つ城《き》は　著《しる》く標《しめ》立て　人の知るべく（四〇九六）

（大意）大伴の遠い祖先の奥津城（御霊屋《おたまや》）は、人にはっきりと分かるように目印を立てよ。

おそらく、安積親王の死以来、国全体を覆《おお》っていた重苦しい空気が、吹き払われたのだろう。そして、大伴家持は、自身が名門の出であることを改めて強調し、大君＝天皇とともに繁栄を勝ち取ることを、心に誓ったのである。

もちろんそこには、「藤原、何する者ぞ」という、敵愾心《てきがいしん》も垣間見《かいまみ》える。新参者の藤原氏に、政権を渡してはならないという、使命感かもしれなかった。

しかし、この「名門の出」という強い意識が、大伴家持の限界を物語っていたように思えてならない。

家持が頼りにしていたのは橘諸兄

大伴家持にとっての本当の悪夢は、この先に待ち構えていた。

家持は、反藤原派の大黒柱・橘諸兄を頼りにしていた。このことは、いくつかの万葉歌によって確かめられる。

『万葉集』巻十九―四二五六は、大伴家持が橘諸兄を顕彰するための歌で、題詞《だいし》には、「左大臣橘卿を壽《ことほ》かむが為《ため》に、かねて作る歌一首」とある。

古《いにしへ》に　君の三代《みよ》経《へ》て　仕《つか》へけり　我《あ》が大主《おほぬし》は　七代《ななよ》申《まを》さね

（大意）昔は三代に仕えた大臣もいました。わがご主君（橘諸兄）は、七代の間、政事をお執《と》りになるほど長生きしてください。

さらに、巻十九―四二八九の歌は、天平勝宝《てんぴょうしょうほう》五年（七五三）二月十九日、左大《さだい》臣《じん》・橘諸兄の家で宴があり、千年の栄華をお祝いする歌となっている。

このように、大伴家持は、反藤原（仲麻呂）派の橘諸兄にぴったりと寄り添っていることが分かる。

ところが、橘諸兄も、次第に追いつめられていく。

藤原仲麻呂は、安積親王を暗殺し、玄昉を九州に追いやった。そして、黄金が陸奥から献上された年の七月、聖武天皇は光明子《こうみょうし》との間の娘・孝謙《こうけん》天皇に皇位を譲った。孝謙天皇は父も母も藤原の血を引いた、藤原系の女帝である。ただし、「藤原に反旗を翻《ひるがえ》した聖武天皇の娘」でもあり、藤原仲麻呂は、あまり信用していなかったようだ。光明皇后《こうみょうこうごう》の身の回りの世話をする役所・皇后宮職《こうごうぐうしき》を紫微中台《しびちゅうだい》と名を改め機能を強化し、太政官《だいじょうかん》を兼任させた。つまり、孝謙天皇の支配下の太政官とは別に、光明子の権威を借りた、もうひとつの政府を築き上げることに成功したのである。

『万葉集』巻十九の四二六二〜四二六三、四二七九〜四二八一の歌が、このころの大伴家持の立ち位置を、明らかにしている。唐《とう》に遣わされる橘奈良麻呂《たちばなのならまろ》や大伴《おおともの》古麻呂《こまろ》の送別会の歌だ。問題は、そこに集まった顔ぶれである。

題詞には、天平勝宝《てんぴょうしょうほう》四年（七五二）閏三月《うるうさんがつ》、衛門督《えもんのかみ》・大伴《おおともの》古慈斐《こじひ》の家で入唐《にっとう》の副使・胡麿《こまろ》（大伴古麻呂）らの送別会を開いたといい、多治比鷹主《たじひのたかぬし》と大伴村上《おおとものむらかみ》と清継《きよつぐ》らの歌が載せられている。

さらに、巻十九の四二七九〜四二八一の歌の題詞には、この月の二十七日、林王《はやしのおおきみ》の家で、橘奈良麻呂の送別会を開いたといい、船王《ふねおう》（舎人《とねり》親王の子）、大伴黒麻呂《おおとものくろまろ》、大伴家持の歌が載る。

歌の内容はともかく、ここに集まった面々は、反藤原仲麻呂派というだけではなく、その多くが、のちに橘奈良麻呂の変（七五七年）で、連座している者たちであったことは、大きな意味を持っている。大伴家持は、反藤原派のグループに属していたことは、明らかなことだ。

しかし、天平勝宝八年（七五六）五月、聖武上皇が崩御。反藤原派は、大きな支柱を失ってしまうのである。

聖武崩御と藤原氏の復権

聖武上皇の崩御は、ひとつの時代の終焉《しゅうえん》を象徴していた。藤原四兄弟の滅亡以来、藤原氏を抑え込んできた橘諸兄を中心とする勢力も、かつての勢いを失っていったのである。

『万葉集』巻二十―四四五四の歌は、上皇崩御の前年、天平勝宝七年（七五五）十一月二十八日に、橘奈良麻呂（橘諸兄の子）の館で宴が催され、そこで橘諸兄が詠ったものだ。

高山の　巌《いはほ》に生《お》ふる　菅《すが》の根の　ねもころごろに　降り置く白雪

（大意）高い山の岩にはえた菅の根のように、ねんごろにくまなく、降り置く白雪よ。

なんの変哲もない歌である。ただし、この宴席での橘諸兄の行動が、朝廷から咎《とが》められてしまう。

『続日本紀《しょくにほんぎ》』天平宝字《てんぴょうほうじ》元年（七五七）六月二十八日条には、次の記事が載る。

去る天平勝宝七年（七五五）十一月に、太上天皇《だいじょうてんのう》（聖武）が病の床に伏せった。この時、左大臣橘諸兄の資人《しじん》（仕えていた人）が、次のように告発した。

「大臣（橘諸兄）は、酒宴の席上で、無礼な言葉を発して、謀反の疑いがあります……、云々《うんぬん》」

ところが、太上天皇は、広い心をもって咎めなかった。橘諸兄はこれを知り、次の年に職を辞したという。

この一節が、橘奈良麻呂謀反計画が露顕する引き金になるのだが、件《くだん》の歌が詠われた場面で、橘諸兄は何か不平不満を述べたのであろうか。

真相は明らかではない。しかし、橘諸兄は天平勝宝八年（七五六）二月に失脚し、この年の五月、聖武も崩御。さらに、橘諸兄も翌年の正月に亡くなり、藤原仲麻呂の「藤原氏復権」の野望は成就したのである。

ところで、このころから大伴家持は、反藤原派とは、距離を置くようになった。それは、ひとつの事件がきっかけであった。『続日本紀』天平勝宝八年五月十日の条には、次のような記事がある。

大伴古慈斐（大伴吹負《ふけい》の孫）と淡海三船《おうみのみふね》（大友皇子《おおとものみこ》の曾孫《そうそん》）が、朝廷を誹謗《ひぼう》し、人臣の礼を失したとして、禁固処分を受けた。十三日に許されるのだが、大伴家持は、これに強く反応した。

『万葉集』巻二十―四四六五の歌に、「族《やから》に喩す歌一首」があり、その中で、大伴氏は神代から天孫に仕えてきた名門豪族であることを強調し、次のように続ける。

君の御代御代　隠さはぬ　赤き心を　皇辺《すめらべ》に　極《きは》め尽して　仕へ来《く》る　祖《おや》の職《つかさ》と　言立《ことだ》てて　授け給へる　子孫《うみのこ》の　いや継ぎ継ぎに　見る人の　語りつぎてて　聞く人の　鏡《かがみ》にせむを　あたらしき　清きその名そ　おぼろかに　心思ひて　虚言《むなこと》も　祖《おや》の名断《た》つな　大伴の　氏《うぢ》の名に負へる　大夫《ますらを》の伴《とも》

（大意）われら大伴は、君の御代御代、曇りのない心を大君のもとに捧げ、仕えてきた職だとして、授けられた清らかな名である。子孫の絶えることなく、見る人が語りつぎ、聞く人の鏡（手本）となる誉れある清いその名である。ぼんやりと軽々しく考え、先祖の名を絶やしてはならない。大伴の氏の名を持つますらおたちよ。

大伴家持は、名門の大伴氏の名を絶やしてはならぬと、同族に自重を促したのである。氏上《うじのかみ》（氏族を束ねる長）として、家を守ることが第一と考えたのだろう。

しかし、橘諸兄の死後、子の橘奈良麻呂を中心に、不穏《ふおん》な動きがあったようだ。

一網打尽にされた反藤原派

天平宝字元年六月九日（つまり、橘奈良麻呂の変の直前）、孝謙天皇は、次の五条を制定している。それは、次のようなものだ。

（1）諸氏族の氏上は、公用以外の用事で自分の氏族を集め、会合を開いてはならない
（2）王族や臣下の飼う馬の数を制限する
（3）規定以上の武器を蓄えてはならない
（4）武官以外のものは、京中で武器を所持してはならない
（5）京中を二十騎以上で集団行動をしてはならない

藤原仲麻呂は政敵の動きを疑い深く観察し、法の網をかぶせようと考えたのだろ

う。平城京が緊迫したのは、この年の正月に橘諸兄が没し、三月には、道祖王《ふなどおう》が廃太子《たいし》の憂《う》き目《め》に遭《あ》っていたことと関わりがあるだろう。

道祖王は聖武上皇の息のかかった皇太子だった。ところが、道祖王は服喪中にも関わらず、みだらな行為に及び、淫欲をほしいままにしたと孝謙天皇は叱責した。また、教え諭したが悔い改めようとしなかったといい、群臣を集め、皇太子を廃そうとはかったところ、みな賛同したので、道祖王の地位を奪ったという。

翌四月、群臣が集められ、皇太子を決める会議が開かれた。この中で藤原豊成《ふじわらのとよなり》や藤原永手《ふじわらのながて》は道祖王の兄・塩焼王《しおやきおう》を推し、反藤原派は、舎人《とねり》親王の子・池田王《いけだのおう》を推した。これに対し藤原仲麻呂ひとりが、「天皇がお決めになればよろしいのでは」と発言した。

すると孝謙天皇は、大炊王《おおいおう》を立てたいと思う、と述べられた。

実は、大炊王は藤原仲麻呂が自宅で養子のように飼い慣らしていた皇族であった。藤原仲麻呂の長子（すでに亡くなっていた）の嫁をあてがい、「父」と呼ばせていた人物である。

つまり、すべて藤原仲麻呂の仕組んだ筋書きどおり、「聖武の影響力を排除し、藤原仲麻呂の言いなりになる皇太子を誕生させた」のである。

同年六月十六日、藤原仲麻呂は橘奈良麻呂ら、反藤原派の主だった者を左遷した。

それだけではない。天平宝字元年七月二日、反藤原派の息の根を完璧に止める事件が起きる。それが、橘奈良麻呂の変で、先述の『続日本紀』の「橘諸兄の暴言にまつわる話」の続きの記事に、詳細が語られている。

それによれば、多くの密告があり、橘諸兄の子の橘奈良麻呂らが孝謙天皇の住まう田村宮を包囲する計画を立てていたという。これを聞いて、孝謙天皇と光明皇太后《こうたいごう》は、戒めの詔を発し、改めるように促した。ところが、この夕方、さらに克明で具体的な謀反計画が報告された。黄文王《きぶみおう》、道祖王、安宿王《あすかべおう》、橘奈良麻呂、大伴古麻呂、賀茂角足《かものつのたり》らが、兵四百をもって宮を囲み、残りの兵で不破関《ふわのせき》を封鎖するという、本格的なクーデター計画である。

こうして、首謀者は一網打尽に捕らえられた。

首謀者たちには蔑称《べっしょう》が与えられた。「多夫礼《たぶれ》（常軌を逸した者）」、「麻度比《まどい》（迷っている者）」、「乃呂志《のろし》（愚鈍《ぐどん》の者）」である。さらに、拷問《ごうもん》によって殺された者も多く、死刑、流刑の処分が下された者、計四四三名にのぼり、反藤原派は、ほぼ壊滅したのである。

ただし、この事件で大伴家持は連座していない。「自重するように」と呼びかけた大伴家持は、あれ以来、鳴りをひそめていたようなのだ。

次々と降りかかる苦難

橘奈良麻呂らは、最後の頼みの綱だった道祖王も排除され、蹶起《けっき》せざるをえないと考えたのだろう。しかし、道祖王廃太子そのものも、橘奈良麻呂らを追いつめるための、策略の一環だったのかもしれない。

橘奈良麻呂の変ののち、大伴家持は、藤原仲麻呂の信任を得ていったようだ。藤原仲麻呂は政敵に血の粛清を加え、いよいよ独裁権力を確立していく。そしてしばらくの間、藤原仲麻呂に対抗勢力は生まれていない。

ただし、大伴家持は藤原仲麻呂に心底隷従《れいじゅう》したわけではなかったらしい。密《ひそ》かに、恨みを抱き続けていた気配がある。

奈良麻呂の事件から二十年後、宝亀《ほうき》八年（七七七）九月十八日条には、藤原良継《ふじわらのよしつぐ》の薨伝《こうでん》（三位以上の貴族が亡くなった時に、国家が編纂した正史にその人の業績と人柄を偲んで記録された追悼文）が載り、そこには次のような記事が残された。それによれば、恵美押勝《えみのおしかつ》（藤原仲麻呂）は息子三人を参議に任じ、専横《せんおう》を極めた。これに対し藤原良継は冷遇され、恨みを抱いていた。そこで、佐伯毛人《さえきのえみし》、石上宅嗣《いそのかみのやかつぐ》、大伴家持と共謀し、恵美押勝を殺そうと企てた。ところが、密告があって、みな捕まってしまったという。

藤原良継は取り調べに対し、首謀者は自分ひとりだけで、他の者は関わっていないと主張した。結局、不敬罪が適用され、良継から姓と位が奪われた。また、大伴家持らも、謹慎させられていた可能性が高い。その後、大伴家持は薩摩守に任ぜられ、都から遠ざけられている。

ちなみに、この事件が起きた期日は、はっきりと記されていない。おそらく、天平宝字七年（七六三）の一月から四月の間ではないかと考えられている。

ただし、ややあって、恵美押勝は滅亡する。天平宝字八年（七六四）に、恵美押勝は謀反を起こし、近江《おうみ》に逃げた。この時、藤原良継は詔を受け復活し、恵美押勝を追討したという。

とにもかくにも、大伴家持は、寝たふりをして策動していた可能性が高い。そして、恵美押勝の滅亡によって、大伴家持は救われた。苦肉の策の生き残り策も、ようやく功を奏した、というところだろうか。

けれども、この後も大伴家持は流転する政局に翻弄《ほんろう》されていく。

恵美押勝滅亡後、孝謙上皇《じょうこう》が重祚《ちょうそ》して即位し、称徳《しょうとく》天皇となるも、独身女帝であったために跡継ぎがなく、称徳天皇の崩御と同時に皇位継承問題が浮上。藤原氏の強い後押しを得て、天智《てんち》天皇の孫が皇位を射止める。これが光仁《こうにん》天皇であり、さらに、子の桓武《かんむ》天皇が即位していく。天武系の王統は、ここに途絶え、また藤原氏の世が復活したのである。

天武系と天智系の確執は、乙巳《いっし》の変《へん》以来の因縁を帯《お》びていたのであって、藤原氏は「いつかは天智系の世に」と、野望を抱き続けてきたのだろう。ただし、ひとたび天智系に王統が移ったからといって、すんなり事が収まるわけではなかった。

延暦《えんりゃく》元年（七八二）閏《うるう》正月十一日、因幡《いなば》国守で聖武天皇の孫・氷上川継《ひかみのかわつぐ》（父は天武天皇の孫・塩焼王《しおやきおう》。母が聖武天皇の娘・不破内親王《ふわないしんのう》）の謀反が発覚し逃亡したため、朝廷は急ぎ三関《さんげん》（不破関・鈴鹿関《すずかのせき》・愛発関《あらちのせき》）を閉め、捜索を開始し、十四日に大和国で捕まった。氷上川継は衆を集め、夜陰《やいん》に乗じて宮中になだれ込もうと考えていたという。天武系の皇族の、最後の抵抗と言っていい。

この事件で、大伴家持は関与を疑われたようだ。一度降格され、その後復帰している。謀反に連座した者と親交を重ねていたことで、疑念を持たれたようだ。

事件の背後には、藤原同士の主導権争いもあったようで、複雑怪奇な様相を示すが、ここでも大伴家持は、微妙な立場にいて、また、命拾いしている。

藤原種継暗殺事件の首謀者にされた大伴家持

大伴家持最後の受難は、藤原種継《ふじわらのたねつぐ》暗殺事件であった。

平安京遷都は西暦七九四年だが、その直前、平安京の西南の方角に、長岡京《ながおかきょう》の造営工事が進められていた。

ところが、延暦四年（七八五）九月、長岡京造営の責任者だった藤原種継が、何者かの手で射殺されてしまう。藤原種継は、桓武天皇が重用《ちょうよう》していた人物である。

事件はあっけなく片がついた。首謀者は大伴継人《おおとものつぐひと》と大伴竹良《おおとものつくら》と判明。背後で糸を操っていたのは大伴家持だったという。ちなみに大伴継人は、橘奈良麻呂の変で死んだ大伴古麻呂の子。古麻呂は家持の従兄弟にあたる。

さらに、桓武天皇の皇太弟・早良《さわら》親王が連座した。春宮大夫《とうぐうのだいぶ》だった大伴家持が親王をそそのかしたのだという。早良親王は捕縛され廃太子、さらには、淡路国《あわじのくに》に配流《はいる》となった。

この事件は、『続日本紀』の言うような、大伴家持らの一方的な謀反事件だったかというと、実に怪しい。なぜそのようなことが言えるかというと、いくつもの不審点があるからだ。

早良親王は流される途中、抗議の断食をし、亡くなる（実際には食事を与えられなかったようだ）。そして後に、桓武天皇の身辺で、不吉な出来事が重なり、早良親王の祟りに違いないと、みな震え上がったという。このいきさつから考えて、早良親王は「はめられた」可能性が高いのである。

つまり早良親王は、罪なくして追いやられたというのだ。桓武天皇には、早良親王に冤罪《えんざい》を着せたという罪の意識があったのだろう。朝廷は丁重に親王を祀《まつ》り、また、崇道《すどう》天皇の追号《ついごう》を贈った。

この事件を、「藤原側」からの視点で読み直せば、いくつもの謎が解けてくる。殺された藤原種継の母は秦氏《はた》で、秦氏は長岡京周辺に地盤を持つ氏族だった。したがって、長岡京が完成すれば、桓武天皇の重用する藤原種継の地位は盤石《ばんじゃく》なものとなり、また秦氏の影響力も増大する。さらに、桓武天皇亡き後、大伴家持の息のかかった早良親王がそのまま即位すれば、大伴氏が発言力を増す。この二つを嫌ったほかの藤原氏が、藤原種継と早良親王をいっぺんに排斥《はいせき》するために仕組んだのが、藤原種継暗殺事件だったのではないかと思えてくる。

もちろん、「ほかの藤原氏」が種継を射殺し、罪を大伴氏になすりつけた可能性が高いと、筆者は見る。

そして、割を食ったのは大伴家持であろう。この事件勃発《ぼっぱつ》の直前、大伴家持は東北の地で亡くなっていた。それにも関わらず、大伴家持は首謀者として、断罪されてしまったのである。

大伴家持の屍は、葬《ほうむ》ることを許されず、配流されてしまったという。

この藤原種継暗殺事件によって、大伴氏は大きなダメージを受けつつもなんとか生き残ったのだが、さらに下って約八十年後、貞観《じょうがん》八年（八六六）の応天門《おうてんもん》の変《へん》で、藤原氏の陰謀によって、ついに再起不能にされてしまうのである。

大伴氏が藤原氏に目の仇にされた最大の理由

それにしても、なぜ奈良時代の大伴氏は、藤原氏に目の仇《かたき》にされたのだろう。それは、「最後に生き残った名門豪族」だったからだろうか。

筆者は『新古代史謎解き紀行　東北編　消えた蝦夷たちのなぞ』（ポプラ社）の中で、大伴氏と辺境の民（蝦夷《えみし》や隼人《はやと》ら）の強くて不思議な関係を洗い出し、次のような仮説を述べた。

まず、東北の蝦夷征討がなぜ八世紀に本格化したのか、この謎が、ひっかかった。というのも、藤原氏が隆盛した時、蝦夷征討は激化し、藤原氏が没落すると、東北はおとなしくなるという現象が起きていたからだ。しかも、藤原不比等の死の前後、ほぼ同時に隼人と蝦夷が反乱を起こしていることも、偶然とは思えなかったのだ。

そしてこれには、藤原氏が潰《つぶ》してきた旧豪族の多くが「東国」、「蝦夷」と結ばれていたことと、関係しているのではないかと考えたのである。

五世紀後半に登場した改革派の雄略《ゆうりゃく》天皇は、東国の武力を利用して、守旧派を圧倒したのではないかと思われる。この、「東国の力を借りて改革事業を断行する」という手法は、七世紀の蘇我氏や大海人皇子（天武天皇）によって継承され、だからこそ、大海人皇子はヤマトの吉野から東に逃れ、尾張《おわり》氏や東国の軍事力を総動員して、大友皇子を破ったのだろう。

つまり、藤原氏は、「蘇我」、「大伴」といった豪族だけではなく、「東国のパワー」も脅威だったのであり、藤原氏はこの関係を断ち切りたかったのではないか、と考えた。さらに、隼人や東北蝦夷と強い接点をもつ大伴氏を最前線に送り込むことによって、「夷《い》をもって夷を制す」という策をとったのではないかと疑ったのだ。

それだけではない。大伴氏の枝族《しぞく》・佐伯《さえき》氏は、恭順《きょうじゅん》してきた蝦夷たちを支配する役割を負った氏族であった。いわば、蝦夷と強い絆でつながっていた者たちなのである。

すると、蝦夷や隼人ら辺境の民が、藤原氏の繁栄を嘲笑《あざわら》うかのように反乱を起こしていたのは、裏で大伴氏が操っていたからではないかと思えてくる。そして、その「カラクリ」を藤原氏は見抜いていたからこそ、大伴氏を将軍に選び、東北に送り込んでいたのではないかと思えてならないのである。

その証拠に、宝亀十一年（七八〇）に勃発した呰麻呂《あざまろ》の乱において、反乱軍の首《しゅ》魁《かい》・伊治呰麻呂《これはりのあざまろ》（俘囚《ふしゅう》）は、按察使《あぜち》・紀広純《きのひろずみ》や道嶋大楯《みちしまのおおたて》を殺しておきながら、大《おお》伴真綱《とものまつな》（陸奥介）だけは助け、わざわざ多賀城《たがじょう》に「護送」している。

蝦夷が大伴氏だけを助けたのは、彼らが裏で手を結んでいたからではなかったか。

東北蝦夷征討が長期戦になったのは、さし向けられた将軍（主に大伴氏）にも、蝦夷にも、戦意がなかったからと察しがつく。

『万葉集』は敗れた者どもを鎮魂する

最後の最後に大伴氏と蝦夷の知られざる関係に言及したのは、『万葉集』の後半、すなわち藤原氏が権力を握っていく時代が、大伴旅人や家持の歌で、埋め尽くされているからである。

七世紀半ばに藤原氏（中臣氏）が勃興《ぼっこう》して以降、ヤマトの歴史は、血を血で洗う抗争に彩られていった。通説は、藤原氏の戦いを、「改革派（藤原氏）による守旧派（蘇我氏や大伴氏）の排除」と捉えるが、実態はまったくかけ離れていよう。私見は中臣鎌足を百済《くだら》王子・豊璋《ほうしょう》と考え、滅亡した百済王家が、日本の地に根を張るための闘争によって、多くの犠牲者を出したものと考える。

藤原氏は蘇我氏らの推し進めた改革を潰す一方で、改革の手柄を横取りしたのだろう。そのうえで、『日本書紀《にほんしょき》』を編纂し、かつての改革派を、大悪人に仕立て上げた。また、改革の名のもとに、「藤原氏だけが栄える法制度」を整えていったのだった。

土地も民も持たない百済王家の末裔《まつえい》が、そう簡単に権力を握れるのか、という疑念も浮かぶであろう。しかし、律令制度の完成するその時、藤原不比等が頭角を現したところに、彼らの僥倖《ぎょうこう》があった。新たな制度によって、土地や民の私有、世襲は禁じられ、みな同じスタートラインに立たされた。そうなれば、法を支配する藤原不比等が、俄然有利になる。それまで朝廷の軍事を仕切ってきた大伴氏も、軍制の整備によって、「大伴氏だけが、軍事を仕切る時代」は終わりを告げたのである。

そして、中世の元《げん》の来寇《らいこう》に際し、鎌倉武士が、正々堂々一騎打ちを挑み、笑い者になり、取り囲まれ、憤死したように、古代豪族たちはお人好しで、冷酷な大陸の論理に呑《の》み込まれ、刈り取られていったというのが、真実の古代史の実態であろう。

そして『万葉集』が、改革政策を打ち出した雄略天皇の歌から始まり、天武天皇の改革事業を守り抜こうとした大伴氏の歌群で閉じられていることに、深い意味を感じずにはいられないのである。

『万葉集』という文学作品は、要するに、藤原氏の手で汚名を着せられ、葬り去られた人々の、怨嗟《えんさ》の声を後の世に伝えるための、「方便《ほうべん》」だったと思い至るのである。

『万葉集』は、藤原氏によって書き換えられた歴史を暴くために、「真実」をリークし、敗れ去った者どもを鎮魂するのである。

おわりに

こうして『万葉集《まんようしゅう》』の裏側に隠された政争の傷痕《きずあと》を見つめ直すと、『万葉集』最後の歌が、やはり心に重くのしかかってくるのである。

天平宝字《てんぴょうほうじ》三年（七五九）元旦の、大伴家持《おおとものやかもち》が歌った、あのめでたい歌である。

新《あら》しき　年の始めの　初春《はつはる》の　今日降る雪の　いやしけ吉事《よごと》

（大意）新しい年の始めの初春の、今日降る雪のように、積もれよ吉事（良いことがいっぱいありますように）。

この歌を読み返すたびに、大伴家持の葛藤が、胸に迫ってくるのである。

藤原《ふじわら》氏の全盛期、大伴家持は、藤原独裁体制に反旗を翻《ひるがえ》そうとする眷属《けんぞく》に向かって自重を促した。けれども彼らは猪突し、藤原氏の餌食《えじき》になっていったのである。

大伴家持は命拾いするが、おそらく周囲の冷たい視線を感じ続けたのだろう。勇気を振り絞って戦い、敗れ去った者たちから見れば、家持は「臆病者」であり、「裏切り者」であった。

しかし、大伴家持の本心が、「好機の到来を待つべきだ」というものであったと仮定するならば、この時代、誰よりも苦しみ続けたのは、大伴家持であったことになる。そして、そうであったならば、「良いことがいっぱいありますように」と、子どものように願わずにはいられない大伴家持の純粋さが、かえって痛々しいのである。

「万葉の時代」は、素直で正直な人間が次々と殺されていく、暗黒の時代だった。正義感が強く、能力を持った人間が、命を狙われる悲しい時代であった。その、虚《むな》しい時代の最後に、「良いことがいっぱいありますように」と願いを込めた『万葉集』の本当の意味を、われわれは正しく汲み取らねばなるまい。

なお、今回の文庫化にあたり、PHP研究所の前原真由美氏、中村悠志氏、編集担当の武藤郁子氏、アイブックコミュニケーションズの的場康樹氏、歴史作家の梅澤恵美子氏にご尽力いただきました。改めてお礼申し上げます。

合掌

参考文献

『古事記　祝詞』日本古典文学大系（岩波書店）
『日本書紀』日本古典文学大系（岩波書店）
『風土記』日本古典文学大系（岩波書店）
『萬葉集』日本古典文学大系（岩波書店）
『続日本紀』新日本古典文学大系（岩波書店）
『魏志倭人伝』石原道博編訳（岩波文庫）
『萬葉集』日本古典文学全集（小学館）
『万葉　文学と歴史のあいだ』吉永登（創元社）
『大伴氏の伝承　旅人・家持への系譜』菅野雅雄（桜楓社）
『万葉集を読む』古橋信孝編（吉川弘文館）
『中西進　万葉論集』第四巻　中西進（講談社）
『万葉集の歌を推理する』間宮厚司（文春新書）
『直木孝次郎古代を語る（12）万葉集と歌人たち』直木孝次郎（吉川弘文館）
『萬葉集とその世紀』上・中・下　北山茂夫（新潮社）

『額田王の謎』　梅澤恵美子（ＰＨＰ文庫）
『後・終末期古墳の研究』河上邦彦（雄山閣出版）
『誤読された万葉集』　古橋信孝（新潮新書）
『女帝と詩人』　北山茂夫（岩波現代文庫）
『万葉開眼』上・下　土橋寛（日本放送出版協会）
『神々の体系』上山春平（中公新書）
『続・神々の体系』上山春平（中公新書）
『万葉一枝』　渡瀬昌忠（塙新書）
『天皇家はなぜ続いたのか』梅澤恵美子（ワニ歴史セレクション文庫）
『柿本人麻呂』中西進（講談社学術文庫）
『水底の歌　柿本人麿論』梅原猛（新潮文庫）
『柿本人麿の暗号歌』栗崎瑞雄（現代日本社）
『萬葉集大成』第一〇巻　作家研究篇下（平凡社）
『万葉時代の人びとと政争』木本好信（おうふう）

本書は、二〇一〇年九月に実業之日本社より発刊された『なぜ「万葉集」は古代史の真相を封印したのか』を改題し、加筆・修正したものである。

著者紹介

関　裕二（せき　ゆうじ）

1959年、千葉県柏市生まれ。歴史作家。仏教美術に魅せられて足繁く奈良に通い、日本古代史を研究。文献史学・考古学・民俗学など、学問の枠にとらわれない広い視野から日本古代史、そして日本史全般にわたる研究・執筆活動に取り組む。

主な著書に、『大伴氏の正体』（河出書房新社）、『蘇我氏の正体』（新潮文庫）、『古代史の秘密を握る人たち』『おとぎ話に隠された古代史の謎』『ヤマト王権と十大豪族の正体』『検証！古代史「十大遺跡」の謎』『古代日本人と朝鮮半島』（以上、PHP文庫）など。

PHP文庫　万葉集に隠された古代史の真実

2019年8月15日　第1版第1刷

著　者	関　裕　二
発行者	後　藤　淳　一
発行所	株式会社PHP研究所
東京本部	〒135-8137　江東区豊洲5-6-52
	第四制作部文庫課　☎03-3520-9617（編集）
	普及部　☎03-3520-9630（販売）
京都本部	〒601-8411　京都市南区西九条北ノ内町11
PHP INTERFACE	https://www.php.co.jp/
組　版	有限会社エヴリ・シンク
印刷所	共同印刷株式会社
製本所	東京美術紙工協業組合

ISBN978-4-569-76953-0

PHP文庫好評既刊

神武東征とヤマト建国の謎

日本誕生の主導権を握ったのは誰か？

関 裕二 著

神武に王権を禅譲する饒速日命は何者なのか？ なぜ、義弟を殺してまで神武に従ったのか？ 神話に隠された日本誕生の謎を解き明かす！

定価 本体六六〇円（税別）

PHP文庫好評既刊

わらべ歌に隠された古代史の闇

関 裕二 著

かごめ歌、羽衣伝説……語り継がれた昔話やわらべ歌には、歴史の闇に葬られた人々の怨念がこもっていた。ヤマト誕生のタブーに迫る！

定価 本体七四〇円（税別）